LAS
CONDICIONES
DEL AMOR

LAS CONDICIONES DEL AMOR

Elana K. Arnold

🜨 Planeta

Diseño de portada: Estudio la fe ciega / Domingo Martínez
Fotografía de portada: © Shutterstock / Aleshyn_Andrei
Fotografía del autor: © Martha Brockenbrough

Título original: *What Girls Are Made Of*

© 2017, Elana K. Arnold
Publicado por acuerdo con Carolrhoda LAB, una división de Lerner Publishing Group, Inc., 241 First Avenue North, Minneapolis, Minnesota 55401, EE. UU. Todos los derechos reservados.

Traducido por: Susana Olivares

© 2018, Editorial Planeta Mexicana, S.A. de C.V.
Bajo el sello editorial PLANETA M.R.
Avenida Presidente Masarik núm. 111, Piso 2
Colonia Polanco V Sección
Delegación Miguel Hidalgo
C.P. 11560, Ciudad de México
www.planetadelibros.com.mx

Primera edición en formato epub: julio de 2018
ISBN: 978-607-07-5093-9

Primera edición impresa en México: julio de 2018
ISBN: 978-607-07-5081-6

Impreso en los talleres de Litográfica Ingramex, S.A. de C.V.
Centeno núm. 162-1, colonia Granjas Esmeralda, Ciudad de México
Impreso y hecho en México – *Printed and made in Mexico*

Para mi hermana mayor, Sacha.
Te quiero.

Parte I

Incondicional

Cuando cumplí catorce años de edad, mi mamá me dijo que el amor incondicional no existe.

—Podría dejar de quererte en cualquier momento —dijo mi madre.

Estábamos doblando ropa; una sábana. Ella en un extremo y yo en el otro. Ambas, como bailarinas de la Antigüedad, juntamos nuestras manos para dividir el largo lienzo blanco y después nos acercamos dando un paso hacia adelante, la tela cayendo entre nosotras, y después otra vez y una vez más, hasta que el largo y enredado desastre quedó dispuesto en un rectángulo plano e impecable. Todavía se sentía el calor de la secadora y olía a flores químicas.

—Nadie ama sin condiciones —me dijo.

Asentí, coloqué la sábana a un lado y metí la mano en el canasto para sacar otra. La abrí con una sacudida y ella atrapó el extremo.

—El amor que me tiene tu padre es condicional —prosiguió—. Depende de muchísimas cosas. De mi disposición a escucharlo hablar de su día, de lo que cocine.

Volvimos a unirnos. A mis catorce años de edad, ya era tan alta como ella.

—Y de mi belleza.

—¿Tu belleza?

—El amor por la mujer —dijo mi madre— siempre depende de su belleza. De eso —dijo, sus dedos rozando los míos en el doblez final— y del sexo.

Estaba exponiéndome la verdad de las cosas de manera muy similar a como eliminábamos las arrugas de las sábanas: tomando algo largo y complicado para transformarlo en un paquete ordenado.

—Claro está —continuó— que mi amor por tu padre también tiene condiciones.

Supe cuáles eran algunas de esas condiciones sin necesidad de que me las dijera. El dinero que ganaba en bienes raíces. Su deferencia a sus caprichos, como el auto nuevo que le compraba cada tres años, sin importar si el anterior necesitara reemplazarse o no. El que se pusiera el mandil blanco y negro a rayas cada domingo por la tarde para prender el asador de la cocina del patio. La forma en que cocinaba la porción de carne de mi madre: suave al centro, casi cruda y muy jugosa.

—¿Qué te haría dejar de quererme? —le pregunté.

—Cualquier cantidad de cosas —respondió—, pero jamás harías ninguna de ellas, de modo que no tienen importancia.

Yo quería saber a qué se refería esa lista de pecados cardinales no especificados, pero no me lo quiso decir.

—Es una pregunta absurda —me respondió. Luego apiló las sábanas dobladas en el canasto de la ropa y lo empujó hacia mí.

El canasto pesaba una tonelada. Me lo llevé.

Tendría que haber habido más niños después de mí. Recuerdo los embarazos de mi mamá, casi uno por año desde que tuve cinco años de edad y hasta que cumplí diez, cuando supongo que decidió que ya era suficiente. Cada uno de esos embarazos finalizó de la misma manera: demasiado pronto.

Por lo general no se veía ninguna diferencia cuando estaba embarazada y cuando no. Yo sabía que venía un bebé si desaparecía su vaso favorito antes de la cena: bajo, de cristal cortado y con dos dedos de vodka y agua tónica dietética hasta el tope. Sabía que ya no habría bebé si ese vaso volvía a aparecer.

Dejó de contarme sobre los embarazos después del segundo aborto espontáneo y de allí en adelante aprendí a notar por mi cuenta los momentos en que se ausentaba el vaso, cuando comprendí que su desaparición significaba que tenía otro bebé dentro de ella.

Me quedó claro que no debíamos hablar de los embarazos. ¿Mala suerte, supongo? De modo que no lo hacía: pero, cada vez que el vaso se esfumaba, yo inventaba nombres e historias y trataba de decidir si iba a ser niño o niña. El penúltimo embarazo, cuando cumplí ocho años, progresó hasta un punto en que parecía bastante tonto no decir nada. Ella estaba infándose y su estómago estaba más grande; no grande y duro como el de las señoras embarazadas que yo veía en el mundo exterior, pero definitivamente grande.

Decidí que iba a ser una niña. Una hermana. Le puse Chloe porque me gustaban los nombres sofisticados como ese y porque pensaba que sonaría bien junto al mío. Nina y Chloe. Hermanas. Tendría el cabello rojizo y necesitaría usar lentes, igual que yo. Yo sería la que lo averiguaría, que no veía bien; después de todo, yo cuidaría de ella todo el tiempo, de manera que sería la primera en notar que había un problema en sus ojos, por la forma en que se colgaría de mí sin arriesgarse a caminar por sí misma. Le conseguiríamos uno esos lentes adorables para bebé, morados, con un armazón flexible y patitas que se extienden hasta la parte de atrás, no sólo hasta las orejas, como los míos. Chloe sería algo gordita, pero no importaría porque sería apenas una bebé y tendría más que tiempo suficiente para que se le quitara con la edad. En los bebés, la gordura es adorable. Compartiría una habitación con ella. No sería necesario que lo hiciera; en nuestra casa sobraban los cuartos, pero *querría* hacerlo.

Ella sería *mi* persona, no la de mamá o papá. Sería la persona a la que yo querría.

Pero, una noche, el vaso volvió a aparecer, igual que en todas las otras ocasiones. Recuerdo que me sentí enferma, como si tuviera gripe; dije que no tenía hambre y me fui derecho a la cama. Mamá jamás me dijo nada al respecto y yo jamás le dije nada a ella.

Cuando el vaso volvió a esfumarse el año siguiente, ya no inventé ningún nombre. Sólo me limité a esperar a que volviera a aparecer y, cuando así sucedió, algunas semanas después, me dio gusto.

EN ALGÚN LUGAR HAY UN REFRIGERADOR. ES UN REFRIGERADOR blanco, con dos puertas arriba y un cajón congelador abajo, porque esos son los refrigeradores más elegantes.

Cuando abres ambas puertas de ese refrigerador al mismo tiempo y las detienes de par en par para asomarte al interior, puedes ver que está lleno de cajas y cajas de huevos. Cada estante está atiborrado de cajas de huevos apiladas como si fueran ladrillos, una arriba de otra; filas y filas de cajas, cada una con una docena de huevos. Ni uno más, ni uno menos. Siempre doce.

Y los huevos dentro de las cajas... son lisos y blancos y perfectos. A veces, cuando compras huevos en la tienda (especialmente si son orgánicos), están decorados con residuos de caca de gallina. Pero estos huevos están tan limpios que parecen blanqueados. ¿Cómo puede ser que estos huevos hayan pasado por el orificio de una gallina angustiada? ¿Cómo es posible que estos huevos sean el producto de la función corporal de un ave?

Pero lo son. Estos huevos son la producción entera de una gallina, de una nerviosa gallina de Livorno llamada Rose por la cresta color rojo vivo que tiene sobre la cabeza.

Roja es la cresta de su cabeza. Blancas son las plumas de sus alas, cortadas en ángulo recto para evitar que vuele. Blancos son los huevos que pone, día tras día tras día tras día. Pone, puso, pondrá.

Ella pone sus huevos. Los puso dentro de su nido. Los empollará, esperando y aguardando. El granjero mete una mano por debajo de sus cálidas plumas blancas y se roba sus huevos. No se molesta con mentiras ni promesas. De todos modos, la gallina pondrá más huevos sin necesidad de mentiras.

¿Extraña sus huevos? ¿Acaso los amó? No importa. Su vida es poner, empollar y volver a poner. Los huevos llenan las cajas y las cajas llenan el refrigerador y las puertas blancas dobles los mantienen a buen resguardo.

Hace mucho tiempo, las gallinas ponían huevos únicamente durante su temporada de celo, y sólo ponían el número de huevos que la gallina pudiera cuidar en caso de que se convirtieran en polluelos. Pero el granjero quiso más; más huevos para su desayuno y más huevos para llevar a vender. Más, más y más. De modo que los granjeros y los científicos eligieron aquellas gallinas que fueran las mejores ponedoras y las seleccionaron para criarlas, para producir gallinas que pusieran todavía más huevos, y así sucesivamente, una y otra vez. Y ahora una gallina puede poner casi un huevo al día. Puede poner trescientos huevos al año, en sus años más productivos, y puede seguir poniendo huevos por años, hasta mil de ellos. Mil huevos son lo que puede poner la gallina y más tarde, cuando ya no puede poner más, todavía es útil: puede cocinarse en el asador para ponerla sobre la mesa, y el granjero y su familia, con un refrigerador atiborrado de mil huevos, la pueden abrir de tajo sobre la mesa y, terminada su cena, pueden encontrar todavía una cosa más —un hueso, el de los deseos—, y los sonrientes hijos del granjero pueden tomarlo con manos todavía grasosas de su carne y pueden pedir un deseo y romperlo en dos.

~Nina Faye.

Levanto la mirada. Estaba jugueteando con mi teléfono, no porque tuviera mucho de interesante, sino porque quería pasar desapercibida lo más posible. Manejé hasta allí sola, a la Clínica de Planeación Familiar de Costa Mesa, un nombre ridículo, dado que nadie acudía a la clínica con planes para formar una familia; todos planeaban la desfamiliarización.

No hay una clínica de planeación familiar en Irvine, donde vivimos. Irvine, California, nombrada la ciudad más segura de Estados Unidos por segundo año consecutivo. También segura para los fetos, supongo, ya que no hay una sola clínica de abortos allí. Para eso tienes que ir a Santa Ana o a Costa Mesa.

Odio manejar. Me asusta, en especial si tengo que dirigirme a algún lugar nuevo. Normalmente no manejo lejos; tengo un horario específico que me lleva a lugares predecibles en momentos predecibles. Irvine es completamente predecible. Es lo que llaman una «comunidad planificada», lo que significa que cada vecindario fue obra de una constructora. Por ello, cada área tiene un nombre y un ambiente. Un tema.

Orchard Hills, Irvine Grove, The Colony. Como si fueran las distintas áreas de Disneylandia: Tomorrowland, Fantasyland.

Nosotros vivimos en Shady Canyon. No hay mucha sombra y no existe ningún cañón.

Cuando, la primavera pasada, como regalo para mis dieciséis años, mis papás me entregaron las llaves de mi auto —un Prius de Toyota de tres años de antigüedad que Mamá había elegido para sí durante su fase de «conciencia global»—, me hicieron prometerles que no manejaría en las autopistas. No fue difícil cumplir esa promesa, pues las autopistas me espantan más allá de toda razón. Pero hoy rompí mi promesa para poder venir hasta acá.

Meto el teléfono en mi bolsillo y me levanto. Sigo a la enfermera. Quizá sea una enfermera. Como sea, está usando un uniforme quirúrgico, de modo que debe hacer algo médico.

Primero me pesa y me mide. Promedio. Llené los formularios en la sala de espera y dudé al poner mi fecha de nacimiento. Consideré hacerme un poco mayor, como de dieciocho o diecinueve años, aunque sé, por su sitio web, que no me rechazarán por la edad que tengo. Al final digo la verdad, porque quizá el dato importe de alguna manera, en cuanto a la dosis o algo así.

Después me da una de esas «batitas» de papel azul, como les dicen, cosa que parece broma, y me dice que la deje abierta por el frente para el examen de pechos.

—Mis pechos no tienen nada de malo —le digo.

Me sonríe, y es una sonrisa agradable.

—No lo dudo, corazón, pero este es un examen de bienestar femenino. De modo que como parte de las pruebas de rutina revisamos que no haya anormalidades de mama y además te hacemos un papanicolaou, ¿de acuerdo?

Seguro. ¿Por qué no? Ya en esas, ¿qué podía tener de malo un manoseo de tetas entre amigos?

—¿Es tu primera vez?

Levanté la vista, avergonzada.

—La primera vez que te hacen un examen —aclara.

—Ah. Ajá. Es la primera.

—Todo va a estar bien —me dice—. Sólo cámbiate. En un momento estará contigo la enfermera especializada.

Después de que la puerta se cierra tras ella, considero colocar la batita de papel todavía doblada sobre la mesa de exploración y largarme de allí, pero entonces recuerdo los ojos cafés de Seth, la forma en que me miran entre las piernas, y me quedo.

Mi ropa forma un montón creciente sobre la silla junto a la puerta. Botas. Calcetines. Pantalón de mezclilla y pantaletas, juntos. Blusa de franela. Camiseta. Brasier.

Tengo frío. Reconsidero y tomo los calcetines del montón. No creo que también necesiten ver mis pies. Los pies no tienen nada que ver con nada.

La batita de papel es tan incómoda e inútil como se ve, pero por lo menos mis calcetines siguen estando calientitos.

Me siento en la orilla de la mesa y espero. Me quedo allí sentada quince minutos.

Finalmente, deduzco que se olvidaron de mí. Me bajo de la mesa y estoy a punto de vestirme y marcharme cuando la puerta vuelve a abrirse.

—Lamento haberte hecho esperar —dice la mujer. Al entrar en la habitación acciona un dispensador de antiséptico y se frota las manos con él. Trae puesta una bata blanca sobre pantalones negros y una blusa gris—. Complicaciones. —No entra en detalle, sólo me hace señas para que vuelva a subirme a la mesa.

Es asiática y más joven que mi mamá. No es bonita, pero no necesito que lo sea. Noto que tiene manos pequeñas. En mi situación actual, las manos pequeñas parecen ser radicalmente más importantes que la belleza.

Tiene mi expediente entre sus manos pequeñas. En esencia, no es más que un fólder con una sola hoja de papel adentro. Lo había llenado en la sala de espera. Nombre: Nina Faye. Fecha de nacimiento: 25 de mayo. Edad: dieciséis años. ¿Sexualmente activa? Sí.

Después, más preguntas; el primer día de mi última regla, el tipo de método anticonceptivo que estoy usando, antecedentes de enfermedades de transmisión sexual. Llené cada casilla a conciencia, aunque me avergonzó admitir que no usaba ningún tipo de método anticonceptivo. Para eso es que estoy aquí, al final de cuentas, para que me den la píldora. O quizá para que me pongan esa inyección. Aunque deteste las agujas.

Levanta la vista de mi expediente.

—¿Vienes para que te demos algún tipo de método anticonceptivo?

—Sí.

—¿La inyección?

—No —digo, repentinamente segura—. La píldora.

—La inyección es mejor. No hay manera de que se te olvide tomarla.

Me encojo de hombros, pero no digo nada.

Ella suspira y se pellizca el puente de la nariz, por debajo de sus lentes. Después, vuelve a ver mi expediente.

—Aquí indica que no estás usando ningún tipo de método anticonceptivo, pero que eres sexualmente activa.

Quiero patearme por no haberle puesto una palomilla en la casilla contraria.

—Mira, la píldora sirve para evitar embarazos, pero no te servirá de nada para prevenir las enfermedades de transmisión sexual. Sida, herpes, papiloma…, la píldora no te sirve para nada de eso.

La miro directamente a los ojos y no parpadeo ni respondo, de modo que, después de unos segundos, baja la mirada.

—Está bien —dice.

Se lava las manos y se pone un par de guantes.

—Vamos a empezar por auscultarte los pulmones.

Quiero hacerle alguna pregunta, sólo para aliviar mi tensión, pero se pone el estetoscopio y me convierto en su paciente.

—Respira hondo —me dice—. Y exhala —me vacío de aire, me ahueco, me imagino exhalando no sólo el aire, sino también mis pensamientos, e imagino que todo lo demás también encuentra una salida: mi estómago, mis intestinos, mi sangre y mi corazón, además de los pulmones, volteados a causa de mi exhalación.

Tenemos un estetoscopio en casa. No sé por qué ni de dónde salió. Lo hemos tenido desde que tengo uso de razón. De niña solía llevármelo a escondidas y trataba de escuchar el latido de mis animales de peluche. En ocasiones, cuando la puerta de la recámara de mis padres estaba cerrada con llave, presionaba el estetoscopio contra ella para oír los sonidos en su interior. No eran palabras; tampoco llanto. Era algo más.

Ahora recuerdo esos sonidos de manera súbita y perfecta, aunque no he pensado en ellos desde hace años. Es el estetoscopio, redondo y cálido como boca contra mi espalda, y la razón por la que estoy aquí sobre la mesa lo que trae esos sonidos de vuelta a mí.

—Todo bien —dice—. Ahora voy a explorar tus mamas.

Primero examina mi seno izquierdo, lo poco que tengo, trazando círculos concéntricos con sus dedos. Si me lo permitiera, es algo que se sentiría bastante bien. Cuando llega al pezón, lo exprime levemente. Inhalo con rapidez. No era algo que esperara.

—¿Examinas tus senos en casa? —me pregunta, pasando al derecho.

—Eh…, no.

—Es fácil hacerlo —me dice—. Sólo tienes que ir palpándolo todo alrededor, como lo estoy haciendo, y revisar que no haya algo fuera de lo común, como alguna bolita. Hacerlo en la ducha es perfecto. El jabón y el agua permiten que tus manos se deslicen con mayor facilidad. Acuéstate —me dice y la obedezco. Levanta mi brazo encima de mi cabeza y explora mi axila, presionando aquí y allá—. Excelente. Todo perfecto.

Empiezo a incorporarme, pero coloca su mano sobre mi pecho, justo arriba de mis senos.

—Sigue acostada —me dice— y acerca tus nalgas a la orilla de la mesa. Pon tus pies en los estribos.

Bien. Nada sorprendente; aun así, no exactamente cómodo. Mis talones están dentro de los duros estribos de plástico; la batita de papel se arruga debajo de mí a medida que me acerco al final de la mesa.

—Acércate un poco más a la orilla.

Me acerco más.

—Otro poco.

Siento que estoy a punto de deslizarme de la mesa para terminar en su regazo. Es horrible.

—Ahora te voy a hacer el examen pélvico. Relájate.

Se cambia los guantes por un par nuevo.

—Primero voy a examinar tu vulva —dice—. ¿Quieres que te dé un espejo?

Posiblemente lo único que podría hacer aún más vergonzosa esta situación sería tener un espejo en mi mano derecha en este instante.

—No, gracias.

—Debes verte la vulva y la vagina de manera regular —me dice, y la imagino en casa, con una copa de vino, frotándose los senos y tomándose *selfies* vaginales.

Sus dedos no se sienten para nada como los de Seth. No hay nada de erótico en su tacto, pero al menos no dura tanto tiempo.

—Perfectamente normal.

Por menos de un segundo, cuando se da la vuelta, creo que acabamos, pero entonces toma algo de la charola de metal que tiene junto y sé que no voy a salir de aquí con tanta facilidad.

Saca un objeto de plástico del interior de una bolsa sellada y le embarra un poco de gel transparente en la punta.

—Esto se llama espéculo. Lo voy a usar para abrir tu vagina de modo que pueda ver el cuello de la matriz más claramente. No te va a doler —dice—, pero es posible que sientas cierta incomodidad —vuelve a decir después—, sólo relájate.

Siento la punta fría del espéculo contra la entrada de mi vagina, totalmente diferente de la presión del cálido y rígido pene de Seth, aunque no tanto, a decir verdad.

Después oigo que el espéculo se abre y estoy más expuesta de lo que jamás he estado. Hay una luz enceguecedora que brilla entre mis piernas como si estuviera en una obra de Broadway o algo por el estilo, y todas sus energías están completamente centradas en el interior de mi vagina. Miro hacia el techo.

Gatitos. Hay imágenes de gatitos, tomadas de revistas, pegadas al techo arriba de la mesa de exploración. «¡Aguanta un poco!», me alienta un gatito por medio de un globo de pensamiento. Está aferrado a la rama de un árbol. «¡No es nada *prrrr*-sonal!», afirma otro. Este está acurrucado en una cama para mascotas y junto tiene a un perro que lo contempla con grandes ojos tristes.

—Perfecto. No hay lesiones ni heridas —dice, y es algo que ni siquiera se me ocurrió que pudiera estar buscando—. Ahora voy a tomar unas cuantas células del cuello de tu matriz para hacer el papanicolaou. —Sostiene en alto un cepillito y lo vuelve a bajar para insertarlo. Puedo sentir cómo está frotando mi interior con él; frotando el cuello de mi matriz, supongo.

Termina su examen y cierra el espéculo para sacarlo. Hay un extraño sonido húmedo allá abajo y una breve sensación de vaciamiento, como de succión. Me pregunto si ahora me veo diferente allá abajo, después de que esa cosa me abriera. Luego pienso en todas las vaginas del universo de las que han salido bebés y me imagino que lo más probable es que un espéculo sea muy poca cosa dentro del esquema general de «cosas que caben en las vaginas».

—Te daré un minuto para que te vistas —me dice, quitándose los guantes— y después hablaremos un poco más acerca de tus opciones de anticonceptivos.

De salida, arroja los guantes a un recipiente que dice DESECHOS MÉDICOS que se encuentra junto a la puerta, como si lo que tocó de mí —mi vagina— fuera tóxico.

❧ ❧

Dos veces por semana, después de clases, trabajo como voluntaria en una perrera de sacrificio. Cada vez que voy, veo las condiciones en que las personas definen el amor.

Juventud + simetría + silencio = amor.

Los perros jóvenes encuentran un hogar a la primera. Los perros viejos están jodidos. Los perros a los que les falta algo, un ojo o una pierna, no tienen simetría. A ellos les toca la inyección letal la mayor parte de las veces. Los que ladran. Los perros que hacen escándalo, que no esperan de manera paciente y virtuosa, que no mueven la colita y levantan las orejas. Los perros que aúllan para que se les ayude. Nadie los quiere tampoco.

El año pasado, cuando empecé a trabajar como voluntaria en el refugio, traté de robarme un perro. Era chiquito, lo bastante pequeño para caber en mi mochila. Era feo y resultó ser agresivo también; mordió a alguien, a un niño de tres años. La familia del niño estaba pensando en adoptar y tenían a este perrito cruzado —lo llamábamos Colmillos a causa de sus ridículos dientes— en la sala de visitas. El niño no le jaló la cola al animal ni nada parecido: simplemente empezó a acariciarlo y el estúpido perro le hundió los dientes en el brazo. Sangre y todo, y el niño dando alaridos. Fue horrible.

Colmillos ya había estado en el refugio por demasiado tiempo, era feo y ahora también mordelón. Estaba condenado. En el caos, realmente nadie me prestó atención; sólo me dejaron con Colmillos, que ahora estaba extrañamente calmado y me veía con cara de «¿Y ahora qué?», como si yo pudiera entender las razones por las que lo había hecho. Y sí las comprendía. De modo que, mientras los papás del niño se hacían cruces quién sabe dónde y el administrador de la perrera corría por los papeles necesarios para documentar el desastre, metí a Colmillos en mi mochila en lugar de llevarlo a la parte de atrás, como debí haberlo hecho.

Por supuesto, me descubrieron. Hicieron que entregara la mochila, con perro y todo, a otro voluntario, que lo llevó a donde se suponía que tenía que llevarlo yo. Me libré con una advertencia y me dijeron que, si volvía a intentar algo así, ya no me dejarían trabajar como voluntaria.

La semana siguiente, cuando regresé, Colmillos no estaba.

No por algo bueno. No porque lo hubieran adoptado.
Estaba muerto.

≫⧽ ⧼≪

Seth y yo nos conocimos en quinto grado, pero no me quiso sino hasta el verano pasado. Incluso ahora sé que su amor por mí es condicional.

Condición 1: Sexo. Suena trillado y quizá lo sea, pero sé de sobra la importancia que el sexo tiene en nuestra relación. No tengo problema con ello; me fascina. Me encanta estar con Seth. No dolió mucho la primera vez, y desde entonces ha mejorado bastante.

Algunas de mis amigas la pasan fatal tratando de encontrar un lugar o un momento para estar a solas, para hacer las cosas que puedo hacer con Seth, pero para nosotros no representa un problema. Papá jamás está en casa y Mamá tiene un horario estricto al que se apega. Tres veces por semana juega tenis con algunas de sus amigas y jamás sale del club sino hasta el anochecer.

La casa de Seth es más divertida que la mía porque siempre está llena de sus hermanos y todos sus amigos. Seth es el segundo de cuatro hijos varones. Su hermano mayor, Wade, se graduó hace dos años, pero sigue viviendo en la casa. Pasa la mayor parte del tiempo en el garaje arreglando su moto todoterreno. Los dos hermanos menores de Seth son como animales salvajes; siempre están juntos, peleándose y golpeándose y diciéndose «cabrón». Se llevan sólo diez meses de diferencia, me contó Seth, de modo que son lo que la gente llama gemelos irlandeses. Incluso están en el mismo año de secundaria, porque el mayor, Anthony, tiene dislexia o algo y tuvo que repetir el jardín de niños. Él y el más chico, Jude, son exactamente de la misma estatura. Tienen una caterva de malandrines que siempre los acompañan, como apóstoles, riéndose de sus bromas y regando frituras por toda la casa.

La casa es un desastre constante porque su mamá trabaja y no hay nadie que la limpie. El desarrollo de Shady Canyon, donde vivimos, es uno de los más exclusivos de Irvine; la familia de Seth vive en la sección de Woodbridge. Casas más viejas, patios más chicos. Seth dice que es un alivio ir a mi casa, donde todo está en silencio y arreglado y donde podemos hacer lo que nos dé la gana, pero no estoy del todo segura. Su casa es más chica y más desordenada, además de mucho más atiborrada, pero a mí todas esas cosas me parecen buenas.

Condición 2: No debo hablarle. Ahora bien, esto podrá parecer descabellado —no poder hablarle a tu novio—, pero no es como suena. O sea, no es que alguna vez me haya *dicho* que no debo hablarle. Al principio le hablaba, pero no me llevó mucho tiempo darme cuenta de que el Seth que *me hablaba* siempre era mucho más divertido que el Seth al que *yo* le hablaba.

Supongo que tendrá algo que ver con la emoción de la conquista. Le gusta todavía más si no contesto las primeras veces que me habla, cuando lo hago esperar y hacerse preguntas y preocuparse. Entonces, cuando finalmente le contesto, siente que ganó o algo. Es como si no tuviera que demostrarle lo mucho que me gusta o algo. Como si mis sentimientos verdaderos fueran demasiado abrumadores o demasiado vergonzosos. En lugar de eso, me paro justo *allá*, a cierta distancia, e inclino mi cara hacia arriba *así*, y veo en otra dirección. Y estoy tan distraída por *lo que sea* que ni siquiera puedo tomarme la molestia de darme cuenta de que mi teléfono está sonando o vibrando porque tengo un mensaje de texto, hasta que, al fin, contesto. Ese es el momento en que más me desea. Así es como le gusto. Alejada.

Condición 3: Jamás hablamos de Apollonia Corado.

Apollonia entró a la escuela el año pasado y es de Portugal, de modo que es emocionante y extranjera y bella en una forma atípica para Irvine. Irvine está colmado de niñas blancas y asiáticas y algunas niñas persas, pero nada más. Apollonia rezuma una belleza exótica.

Pero jamás hablamos de Apollonia ni de lo que pasó el invierno pasado.

≫ ≪

Fue en agosto, dos semanas antes del principio del penúltimo año de clases, cuando Seth me habló. Había sido un verano largo, más caluroso de lo normal y muy solitario. Louise se había quedado hasta el principio de agosto, pero desde entonces se había ido a las montañas de alguna parte con su familia; de modo que, a excepción de mis horas en la perrera, estaba sola. Estaba acostada junto a la alberca en la parte de atrás de la casa, sin lentes y tratando de que las distintas partes de mi cuerpo no se tocaran, para poder lograr un bronceado parejo. Ni siquiera me fijé en el nombre cuando contesté.

—Nina —dijo y supe al instante quién era, aunque nunca antes me había hablado. Y también supe por qué me estaba hablando. No sé cómo lo supe; quizá por la manera en que dijo mi nombre, como si estuviera sonriendo.

Esa tarde fue a la casa y nos sentamos en el jacuzzi y tomamos refrescos e hizo trucos en el trampolín para hacerme reír. Sin mis lentes todo era borroso y perfecto, como un sueño de fantasía. Nadamos en la parte honda de la alberca y me besó. Nuestro primer beso, con cloro en los labios y casi sin ropa entre los dos. Parte de mí casi no podía mover los labios para besarlo de regreso, así de desesperada estaba por congelar ese momento en el tiempo. Otra parte de mí quería tomar su labio inferior entre mis dientes y morderlo hasta que sangrara, sólo para ver si se quedaría.

Seth y yo tuvimos esas dos semanas de verano juntos. Él iba a mi casa y a veces yo iba a la suya y fuimos al cine y a la playa.

La última noche de las vacaciones de verano lo hicimos por primera vez. Ya casi lo habíamos hecho el día anterior, en mi recámara. Yo había puesto una toalla sobre mi cama, en caso de que sangrara, y miré a Seth colocarse el condón sobre el pene y recargué la cabeza en la almohada y vi cómo sus manos presionaban la piel de mis muslos para abrir mis piernas y lo vi maniobrar con su erección envuelta en látex mientras empujaba para tratar de penetrarme.

Traté de relajarme, traté de dejarlo entrar, quería hacerlo, pero simplemente no pude. Y Seth fue dulce y me dijo que no había problema, que volveríamos a intentarlo, de modo que se la chupé para compensar.

Pero la noche siguiente, la última del verano, cenamos en su casa con toda su familia. Había un enorme platón de espagueti al centro de la mesa y todo el mundo tomó su turno para esparcir el queso parmesano del bote verde. Había mucho ruido y mucha gente y estaba lleno de vapor de la pasta. Anthony y Jude habían invitado a un amigo, un chico al que le decían Codos, e incluso Wade había salido del garaje para comer con nosotros. Su mamá parecía cansada, pero feliz, y fue realmente agradable.

Después de la cena, su mamá, que me pidió que le dijera Carol, no señora Barton, ofreció llevarnos a todos a comer helado para celebrar el regreso a clases.

Pareció decepcionada cuando Seth dijo: «Nina y yo nos quedamos a lavar platos». De hecho, pareció más que decepcionada. Sostuvo la mirada de Seth hasta que él bajó los ojos. Después suspiró un poco. Supongo que pensó que sería agradable tener a todos sus hijos con ella así, en la fuente de sodas, quizá como lo habían hecho cuando eran niños. Pero no pasé mucho tiempo lamentándome del hecho, porque tan pronto como la puerta se cerró tras ellos, Seth me sonrió, mostrándome todos sus dientes.

—¿Volvemos a intentarlo? —me dijo.

Esta vez, en la habitación de Seth, no nos preocupamos de poner una toalla. Seth me bajó los *shorts* de mezclilla, la parte inferior de mi bikini y se hincó en el piso, mirándome mientras presionaba su lengua contra mi piel.

Estaba temblando, de modo que me senté en la orilla de su cama y mis piernas se abrieron para darle cabida a su boca. Lamió y lamió como si fuera un gatito con un tazón de leche, y cuando mi interior se sintió tan mojado como mi exterior, volvimos a intentar.

Esta vez, Seth tocó mi cara y me miró a los ojos al colocar su pene contra mí y al empujarlo en mi interior.

Al día siguiente, en la escuela, allí estaba Apollonia Corado de nuevo; sus mejillas enrojecidas de timidez, su mirada dirigida al piso, un listón en su cabello como si fuera una niña.

Carajo. Cómo la odio.

⇒⇒ ⇐⇐

La escuela va así.

El día empieza con la clase de Química Avanzada. No me gusta la química, pero logré entrar en el curso universitario, y no se trata de dejar de tomar los cursos avanzados porque detestes la materia. La mayor parte de mis demás clases también son avanzadas, para obtener créditos universitarios, y lo mejor de todo es que significa que Seth está conmigo.

El receso significa salir de las instalaciones con Seth o fingir que no me importa si dice que no puede. El día empieza y termina con Seth. Si su Acura no está en el estacionamiento cuando llego con el auto, no respiro tranquila sino hasta que lo veo en clase.

Sé que no está bien que un chico te importe a ese grado. Sé que no es feminista o lo que sea tomar todas mis decisiones basadas en lo que Seth podría pensar. Sé que soy un desastre. Si Seth quiere pasar el rato un martes por la tarde, hablo a la perrera para decir que estoy enferma. Si Seth quiere tener sexo cuando estoy menstruando, yo soy la que le sugiere chupársela. Si la energía de Seth está mal —si está tenso o enojado o distante— es como si la composición molecular de mi piel respondiera a ello y se pone rígida, irritada e incómoda. Soy un guante que se calienta al tacto. Soy una vaina que responde a lo que tengo dentro. Soy un camaleón, un pulpo, un calamar, y Seth es mi única variable ambiental.

Después del almuerzo tomo la clase de Literatura Avanzada con el profesor Whitbey. Supongo que, si tuviera que elegir, diría que esa es mi clase favorita. Y no sólo porque Seth la toma y Apollonia no, sino porque me gusta escribir los ensayos. En un ensayo puedes decir lo que se te dé la gana, siempre y cuando defiendas tu postura. No hay nada correcto ni incorrecto; sólo existe el *porqué*.

Cuando suena la última campana, saco lo que necesito de mi casillero a toda velocidad para llegar al estacionamiento antes que Seth. Dispongo mi expresión facial para que transmita un desinterés casual y espero que salga a reunirse conmigo.

Mis días en la escuela son completamente comunes y corrientes, a excepción de la presencia de Seth. No tienen nada de lo que valga la pena hablar. Pero gracias a Seth existen algunos de esos momentos. Pequeños atisbos de algo vasto e imponderable.

Como cuando Seth me dirigió esa sonrisita discreta al detener la puerta para que yo pasara, el viernes por la tarde. O el martes, cuando saqué mi tarjeta de débito para pagar la comida en Spinelli's y Seth la alejó, pasándole su tarjeta a la mesera, tomada como cigarro entre sus dedos índice y medio. Cuando Seth se rio con el volumen exacto para que yo lo oyera en la clase de Literatura cuando Whitbey, que todo el mundo sabe que es gay, aunque habla de su *cónyuge* en lugar de decir *marido*, llevó a cabo una lectura dramática de «Las campanas», el poema de Edgar Allan Poe y, al leer la estrofa de «Es que las almas en pena...», yo susurré: «pene».

Sé que no se considera correcto que te definas con base en un chico. En estos días se supone que las mujeres tienen que ser independientes. Tenemos que ser «personajes femeninos fuertes», debemos ser rudas y motivadas y ninjas en lugar de niñas. Se espera que dirijamos el mundo —las mujeres— y que veamos directo a la cámara. No es necesario que sonriamos. Podemos cruzarnos de brazos o hacer puños con nuestras manos. Sin embargo, al mismo tiempo que somos rudas e independientes, también tenemos que seguir siendo bellas; sólo que debemos actuar como si no lo notáramos o no nos importara. Es más atractivo que no te importe ser atractiva. Esa es la idea. Sé lo que se supone que debo ser y quién se supone que tengo que ser con Seth, pero mi deseo por él me abruma a cada momento, me asfixia como un terrible tumor y no soy capaz de definirme de ninguna otra manera.

Es su aroma y sus ojos y la manera en que se corta las uñas, rectas. Es la forma en que me mira cuando se viene, con una expresión más suave y más dulce que otras veces. Es la manera en que sus dedos parecen glaseados después de que han estado en mi interior. Es todo. Él es todo.

ANOCHE SOÑÉ QUE NUESTRA CASA ESTABA HECHA DE PÁJAROS. LAS paredes estaban cubiertas de plumas y se expandían y contraían a medida que los millones de aves que las componían inhalaban y exhalaban, adentro y afuera. La escalera era el largo y curvado cuello de un flamenco enorme, su cuerpo enroscado al fondo, y se sostenía perfectamente quieto para ajustarse a mi peso mientras caminaba al piso de abajo. No había ventanas, sólo ojos; miles de ojos, ojos negros y parpadeantes de pájaro que me veían fijamente mientras atravesaba el enorme salón. El piso también estaba cubierto de plumas, pero después cambió de parecer, como sucede en los sueños, y en lugar de caminar sobre plumas, estaba caminando descalza sobre sus pequeños picos, sus extremos curvos y puntiagudos enterrándose en mis talones, en las almohadillas de mis pies, en mis dedos, y entonces empezaron a graznar, a piar, a gritar, y los picos se abrían y se cerraban y me mordían y las secas lenguas negras de los pájaros me lamían y yo trataba de correr, pero me caía, y los ojos y los picos y las plumas me consumían.

~Te compré un regalo —me dice Seth el lunes después de clases. Estamos junto a la cajuela de su Acura; yo estoy recargada sobre ella y él, con las piernas abiertas, manteniéndome prisionera allí. Sus manos están sobre mis caderas.

—¿De veras? —Me voy con cuidado. Cumplimos tres meses, pero no espero que lo recuerde. Los hombres no se acuerdan de los aniversarios y eso no tiene nada de malo, me dijo mi mamá, porque entonces, cuando finalmente lo recuerdan (cuando ya es demasiado tarde), los regalos son mejores.

—¡Claro! Cumplimos meses, ¿no? No soy un completo animal —dice Seth y me besa—. Dos meses, ¿verdad?

Siento cómo mi cara reacciona ante el error; mi frente se llena de arrugas horripilantes y mis labios se entiesan; él se ríe.

—Eres tan predecible —dice—. Sé que son tres meses.

Después mete la mano en su bolsillo y pienso que va a sacar una caja, una cajita de joyería, de terciopelo azul, del tamaño perfecto para un anillo; no un anillo de compromiso, obvio, cosa que sería ridícula, pero quizá para un anillo de novios o un simple anillo, cualquier tipo de anillo.

En vez de eso, saca las llaves de su auto, me baja de la cajuela y la abre con un toque del control remoto.

Adentro hay una caja demasiado grande para contener joyería. No está envuelta, sino adentro de una bolsa de plástico cerrada con un nudo. ¿Una caja de zapatos, tal vez? Pero jamás me ha preguntado de qué número calzo.

—Gracias. —Desato los nudos de la bolsa.

—No lo saques de la bolsa —dice Seth.

No lo hago. Sólo me asomo al interior.

No son zapatos. En la caja hay una imagen de lo que supongo que hay adentro: un dispositivo rojo con una perilla de goma y una larga manija negra. TRES VELOCIDADES, anuncia la caja. Y, en la parte de arriba: MASAJEADOR PERSONAL.

—¿Gracias? —Sale como una especie de pregunta porque no entiendo por qué Seth me regalaría un aparato de masajes. No es que alguna vez me hubiera quejado de dolor de espalda ni nada por el estilo.

—No entiendes, ¿verdad? —Y me sonríe.

—Supongo que no.

—Es un vibrador —me dice.

Y entonces *sí* entiendo y me siento agobiada por la vergüenza.

—No es gran cosa —me dice—. Wade dice que a algunas niñas se les complica venirse sin algo de… ayuda.

No llores. No llores.

—No lo necesito —digo, y detesto mi voz, la manera en que tiembla; detesto que Seth quizá haya hablado con su hermano acerca de *mí*, que le haya dicho: «¿Te acuerdas de la niña a la que estoy viendo, Nina? Es bastante genial, pero no importa las veces que lo hagamos ni el tiempo que me la coma, simplemente no puede venirse».

—No es gran cosa —repite Seth, pero por supuesto que es gran cosa. Han pasado tres meses y todavía no he tenido mi primer orgasmo. Y ahora se cansó de tratar, de modo que me da esta *cosa* y yo no la quiero.

Pero regresársela me parece hacer más escándalo que simplemente aceptarla, de modo que me quito la mochila de los hombros, la abro y meto la caja.

—Gracias —le digo, mientras mantengo mis ojos fijos en los dientes del cierre mientras se unen y aprietan.

⤜ ⤛

Se supone que mi mamá no podía tener hijos en absoluto. Tiene un problema en el cuello de la matriz. Se enteró después de que ella y Papá habían estado casados un par de años, después de su segundo aborto espontáneo. No habla mucho acerca del tema, pero supongo que hubo un aborto cada año o algo por el estilo antes de mí y después, y de allí en adelante. Si cada uno de sus abortos espontáneos fuera un huevo, Mamá habría tenido suficientes para llenar una caja entera. Podría dibujarles caritas y guardarlos en el refrigerador.

Yo nací exageradamente prematura, como a las veintisiete semanas, y me tuvieron en cuidados intensivos un par de meses antes de que me dejaran ir a casa.

En otras palabras, yo también estuve a punto de terminar en un aborto. Cuando salí, no lloré y mis venas se transparentaban a través de mi piel. Parecía, dijo Mamá, más galliforme que humana. Como un *balut*, dijo. Busqué el significado de esa palabra, y también de galliforme. *Galliforme* significa algo así como parecido a un pollo, y el *balut*, por más asqueroso que parezca, es una exquisitez en algunas partes del mundo. Es un embrión de pollo al que hierven dentro del cascarón.

Me atendieron y lograron que respirara; me hicieron llorar, me hicieron mamar y me mantuvieron calientita dentro de una caja de plástico con calefacción. Al paso del tiempo, mis papás me llevaron a casa.

Al parecer yo no fui suficiente, aun cuando fui el único huevo que eclosionó e incluso después de todo lo que tuve que pasar para transformarme de malparto en *balut,* en niña humana de carne y hueso que respiraba, comía y cagaba. Porque Mamá siempre insistió en hacer otro intento más. Porque ese chaparro vaso de cristal cortado seguía apareciendo y desapareciendo, como luna menguante y creciente.

Al llegar a casa, saco el regalo de Seth de mi mochila y lo meto, con todo y bolsa de plástico, en el cajón más alto de mi clóset, escondido detrás de mis peluches y muñecas viejos. Azoto la puerta del clóset con tal fuerza que me arranco una de las uñas de las manos, la del dedo anular de la mano derecha. Me arde y los ojos se me llenan de lágrimas mientras me dejo deslizar hasta la mullida y suave alfombra para arrancarme con los dientes lo que queda de uña, chupándome el dedo para librarme del dolor, casi disfrutando el sabor metálico de mi propia sangre.

La casa está vacía. Mis papás no están. Yo tampoco quiero estar aquí. Por lo que se ve, nadie de la familia quiere estar aquí, situación que me parece ridícula considerando lo bonita que es la casa.

Y aun si estuvieran aquí, no le diría a ninguno de los dos que estoy molesta con Seth. Más o menos saben que salimos, pero jamás me piden detalles y yo jamás se los doy.

Considero hablarle a Louise para ver si quiere pasar el rato. Solía ser mi mejor amiga, hasta que Seth finalmente se fijó en mí. Ella también estaba medio loca por él, pero en aquel entonces no importaba. Podíamos añorarlo juntas. Podíamos manejar frente a su casa, tarde por las noches cuando nos quedábamos la una en casa de la otra, desacelerar mientras pasábamos y estirar el cuello para ver si la ventana que seguramente era la suya —la que estaba arriba del garaje— estaba iluminada y, si lo estaba, preguntándonos si eso significaba que estaba en casa, adivinando juntas lo que podría estar haciendo: haciendo su tarea, jugando videojuegos o tomando un baño…

Incluso siguió frecuentándome después del desastre del año pasado, después de lo que le hice a Apollonia. Sé que no tenía por qué hacerlo. Y en aquel entonces me lo pregunté: si las cosas hubieran sido al revés, ¿yo hubiera hecho lo mismo?

Pero las cosas cambiaron después de que Seth me eligiera a mí, porque entonces fue demasiado raro pasar el rato con una chica que yo sabía que tenía la foto de mi novio como protector de pantalla. Y tenía que ser raro para ella también. ¿Cómo podía tolerarlo? Supuse que le estaba haciendo un favor cuando empecé a estar demasiado ocupada para pasar tiempo con ella, cuando todo mi tiempo libre se volvió tiempo para Seth.

Pero a veces, como ahora, o como cuando Seth está ocupado con algo más, me doy cuenta de que extraño a Louise. De todos modos, no quiero hablarle sólo porque no tengo otra cosa que hacer, aunque supongo que a veces hacemos cosas que nos avergüenzan.

El teléfono suena tres veces antes de que conteste.

—Nina —dice—. Hola.

—Hola —le respondo—. ¿Qué haces?

—Nada —contesta—. Tarea.

—¿Quieres que hagamos algo?

—Va. ¿Quieres ir al Lab?

El Lab, un «anticentro comercial», es una zona comercial al aire libre llena de *boutiques* y cafés y una tienda de artículos para correr y dos estilistas y un Urban Outfitters. Es un centro comercial. No tiene nada de «anti», excepto el nombre.

—Okey —le digo.

—¿Vienes por mí?

—¿No podríamos vernos allí?

—Mi mamá está usando el auto —dice.

No debí hablarle, pero no puedo no ir por ella ahora, no cuando me he portado como una perra y la he estado evitando, ni aunque su casa esté a diez minutos en la dirección contraria.

—Perfecto. Llego en un rato.

Dejo caer el teléfono sobre la alfombra, donde aterriza con un suspiro de golpe. Cierro los ojos y me paso las manos por el cabello. Respiro hondo.

No lloro.

Después vuelvo a atarme las botas que me había quitado. Lenta y cuidadosamente, coloco la agujeta en cada gancho. Hago dos orejas de conejo con las agujetas y las junto para hacer el moño. Aprieto los nudos con cuidado y guardo el teléfono en mi bolsillo trasero de mis pantalones de mezclilla.

Mis llaves no están donde suelo dejarlas, en el platito de peltre encima de mi buró, de modo que bajo de regreso y las encuentro en el bolsillo de la chamarra que me quité y que arrojé sobre una de las sillas de la cocina.

Me pongo la chamarra. Cierro la casa con llave. Camino al auto y me deslizo en su interior.

Al menos Louise me está esperando en el momento en que llego por ella. Agita la mano con esa manera tan graciosa que tiene y se mete al auto como si no hubiera pasado nada de tiempo desde la última vez que nos vimos. Como si nada hubiera cambiado.

Si Louise fuera una perra en el refugio, no tendría nada de qué preocuparse. Encontraría un hogar sin el menor problema.

—¿Puedes creer que ya sea noviembre? —me dice, recargando los pies contra el tablero, situación que me molesta, pero sobre la cual no digo nada—. ¿Cómo es *posible*?

—Es como de locura —respondo—. Y la propuesta para el proyecto de Whitbey ya se tiene que entregar la próxima semana. —Me doy cuenta de que me estoy relajando y me pregunto por qué estaba tan tensa.

≫ ≪

El anticentro comercial está atiborrado, pero se siente festivo. Aunque ni siquiera es Día de Gracias, las tiendas ya están poniendo las decoraciones de Navidad. El taller de Santa se está construyendo en el mismo lugar de todos los años, frente a Urban Outfitters, y hay un pequeño letrero de madera que dice ¡JO, JO, JO! ¡SANTA ESTARÁ DE VUELTA EN EL PUEBLO EL BLACK FRIDAY! Louise se queja amargamente.

—¿Acaso no ven la ironía en eso? —dice.

No creo que esté usando la palabra *ironía* de manera correcta, pero no se lo reclamo. Entramos a Lavish, una pequeña *boutique* bastante atrevida donde la mitad de las niñas de la generación van a comprar sus vestidos para los bailes medianamente elegantes.

—¿Quieres? —me dice Louise levantando una ceja.

Me río.

—¿Por qué no? —le respondo.

Y empezamos. Las dos seguimos recordando las reglas: la mitad izquierda de la tienda, desde la entrada y a todo lo largo hasta los vestidores, es mía, y la mitad derecha es suya. Nos separamos justo adentro y comienza la cacería.

Las reglas son sencillas. Tres vestidos cada una. Diez minutos para encontrarlos. Después, a los vestidores. El vestido más atrevido es el que gana.

Mi primera elección es un ceñido vestido rojo de lentejuelas. Probablemente no sea lo bastante corto para ganar. Podría meterle el dobladillo para reducirlo algunos centímetros, pero técnicamente estaría haciendo trampa. De todos modos, el escote en «V» es bajísimo al frente y la espalda es también considerablemente baja, lo cual es bueno.

Además de nosotras dos y la chica de la tienda, el lugar está vacío. El baile de exalumnos fue hace un mes y todavía faltan dos meses para el baile de etiqueta de invierno, de modo que en este momento no hay gran demanda de lentejuelas y encaje.

A continuación encuentro un vestidito negro, clásico y sensual. Tomo uno que sea una talla más chica porque está hecho de algún material que se estira, lo que debería ganarme puntos extra. El tercero es más que obvio: un vestido satinado, color rosa vivo, que llega hasta el piso pero que está abierto de los lados hasta donde empieza la pierna.

¡*Bum!* Ocho minutos, cincuenta y dos segundos.

Louise apenas llega a tiempo a los probadores.

Tomo la delantera inicial con el vestido de lentejuelas; el cuello en «V», al jalarlo, desciende casi hasta mi ombligo, una fácil victoria sobre la elección en satín color beige de Louise.

—Pensé que sería más transparente —gime Louise antes de regresar a su vestidor para la segunda ronda.

Pero mi ventaja inicial se colapsa bajo el divino peso de las tetas de Louise. Le dan una ventaja indebida y creo que han crecido todavía más desde la última vez que competimos el verano pasado. Pero no le pregunto nada porque no quiero recordarle el tiempo que ha pasado desde que nos vimos por última vez.

—Niñas, ¿alguna de ustedes está planeando *comprar* alguno de esos vestidos? —nos pregunta la dependienta cuando estamos a punto de regresar a los probadores después de la tercera ronda. Nos dice «niñas», a pesar de que probablemente nos lleve apenas cinco años. Louise se ruboriza y la piel se le sonroja desde las tetas milagrosas hasta la raíz del cabello.

—Lo estábamos pensando —le digo—, pero no creo que ninguno de estos vestidos pase la prueba. —Saco la pierna por la elevada abertura del vestido. El sedoso material se abre alrededor de mi muslo como si fuese agua. La chica de la tienda mira al cielo, toda onda emo, y sale furiosa de los probadores.

—¡Gloria al vencedor! —vitorea Louise, puños al aire, su teta derecha apenas contenida por el corpiño plateado y cubierto de pedrería de su vestido. Así, después de abandonar los vestidos, evitando la mirada de furia de la dependienta cuando pasamos frente a la caja sin comprar nada, nos dirigimos al café Gypsy Den, donde le compro a Louise la bebida de nombre complejo que más se le antoje, como lo dicta la tradición.

Nos paseamos, Louise bebiéndose su brebaje, que más bien parece una malteada, y yo sorbiendo mi té de menta, viendo los escaparates. De hecho, se siente bien pasar el rato con Louise de nuevo y trato de recordar exactamente por qué dejé de hablarle.

—Oye —pregunta Louise mientras nos asomamos al escaparate de la tienda de moda para caballeros, carísima y atestada de sombreros, mancuernillas y pañuelos—, ¿cómo van las cosas con Seth?

Yyyyyyyyy allí está. Esa es la razón. La puedo escuchar en su tono casual de no pasa nada, verlo en su mirada de soslayo.

—Súper —tomo el último sorbo de mi té de menta y arrojo el vaso al cesto de basura.

—Ya llevan un buen tiempo juntos —dice—. ¿Como tres meses?

¿Es raro que sepa el tiempo que llevamos Seth y yo?

—De hecho, hoy es nuestro aniversario —le digo, recordando el regalo de Seth y haciendo presión sobre la uña que me arranqué, lo bastante fuerte para que me duela.

—¿Y estás aquí *conmigo*? —ríe Louise.

Hay una prueba que inventó una feminista llamada Bechdel para determinar si vale la pena ver una película. Para que la apruebe, la película debe contener al menos dos mujeres, ambas deben conversar y deben hablar de algo que no se refiera a un chico.

La totalidad de mi amistad con Louise reprobaría la prueba Bechdel.

➤➤ ◆◆◆

—¿Segura de que no quieres pasar un rato? —me dice Louise cuando llegamos a su casa.

—Tengo que regresar a la casa —respondo—. Está la propuesta de Whitbey.

—Ah —dice—, ajá. —Pero no se baja del auto. Simplemente se queda sentada allí sin siquiera quitarse el cinturón de seguridad.

—Pues gracias por pasar el rato conmigo —digo después de un momento.

—Ajá —vuelve a decir—. Gracias por traer tu auto. —Presiona el botón que libera el cinturón y abre la puerta—. Bueno, nos vemos.

La miro caminar por la entrada del garaje hasta su casa. Parte de mí quiere bajar la ventana y decirle que espere. Parece solitaria. Su *espalda* parece solitaria, si eso es posible. Sólo por la manera en que sus hombros se curvan hacia adelante. La inclinación de su cabeza.

Pero no bajo la ventana ni le hablo ni entro con ella. En lugar de ello verifico el espejo retrovisor, como nos enseñaron en la clase de manejo, me alejo de la acera y me marcho.

Condición 2: no debo hablarle a Seth. Pero esta vez le hablo. Lo pongo en el altavoz para poder hablar y manejar al mismo tiempo y hago a un lado la sensación fría de náuseas que siento al romper esta regla no especificada. Cuando responde, le hablo de forma juguetona.

—Pues yo no tuve oportunidad de darte *tu* regalo de aniversario.

—¿Ah, sí? —Está distraído. Oigo un videojuego al fondo, explosiones y gritos. Lo imagino con el control entre las manos, el teléfono encajado entre su hombro y su mejilla.

En ese instante tengo como la mitad de él. Quiero más.

—Ya pasó una semana desde que empecé a tomar la píldora —le comento—. En realidad han pasado seis días. Suficiente.

El ruido del fondo se apaga y la conexión poco clara se vuelve perfecta. Está sosteniendo el teléfono con la mano. Tengo toda su atención.

—¿Tus papás están en casa?

—Van a salir —le digo—. Se van como a las seis.

—Llego a las seis y media.

Y allí está. El timbre suena exactamente a las seis y media. Bajo por las escaleras; mi mano se pasea por la larga línea curva del pasamanos de madera, vestida con lo único que compré esta tarde: un brasier rosa claro con una tanga del mismo color. Cuando abro la puerta, los ojos de Seth se agrandan como platos, algo que no he visto con frecuencia, y entonces me sonríe.

Me sujeta como si fuera un dulce envuelto en celofán y me besa en la boca. Sus brazos se cierran a mi alrededor y quiero que me devore, quiero ser un dulce para él y derretirme en su lengua. Doy un brinco y envuelvo mis piernas alrededor de su cintura, donde ya puedo sentir esa satisfactoria rigidez. Subimos así por las escaleras, los dieciséis escalones, yo en los brazos de Seth y mi lengua en su boca.

Dentro de mi habitación prendí velas, que Seth no menciona; cuando me arroja sobre la cama, la que está sobre la mesa de noche se apaga. Se arranca el suéter, se jala la camiseta por encima de la cabeza y la arroja a un lado; después se quita los zapatos a patadas y se baja los pantalones y la ropa interior en un solo movimiento feroz. Y allí está, desnudo, su grueso cuerno rígido y mojado de la punta, y una vertiginosa humedad moja el puente de algodón de mi tanga.

—Quítate el brasier.

Me siento emocionada, como en una película, como si me estuviera exhibiendo frente a un enorme e importante público, como si el mundo entero me estuviera mirando mientras doblo los brazos hacia mi espalda para desenganchar el brasier. Cae sobre mi regazo y empujo mi pecho hacia adelante, haciendo como si creyera que mis pequeños pechos puntiagudos son bellos.

Seth se abalanza sobre la cama y entre mis piernas y contra la delgada barrera de encaje que nos separa. La dura nariz de mi osito de peluche se encaja en mi espalda y me volteo para agarrarlo de un brazo o una pierna y arrojarlo al piso.

Mi tanga se enreda mientras Seth me la quita y oigo que se desgarra cuando se impacienta y la jala con demasiada fuerza. No debería importarme, pero me importa porque la tanga es nueva y porque hace juego con el brasier y porque el encaje no puede repararse. Pero no digo nada y Seth se eleva sobre mí como una ola y sonríe y yo le regreso la sonrisa y entonces me embiste, fuerte y rápido, y me duele y se siente bien al mismo tiempo.

Pone una mano sobre mi estómago para mantenerme quieta; le gusta más, me ha dicho, cuando no me muevo mucho, cuando dejo que él esté a cargo, y también sé que le gusta sentir cuando está dentro de mí, debajo de su mano, el vaivén del movimiento.

Por su cara sé que está a punto de venirse y me prevengo por la manera tan intempestiva en que suele salirse justo al final, pero en ese momento me mira a los ojos y sonríe.

—¿Está bien? —me pregunta.

—Está bien —le respondo, y entonces sus ojos se cierran y su boca se retuerce y una vena le salta en la frente y embiste con fuerza una y otra vez en mi interior y quiero que me guste, pero en realidad no me agrada y siento cómo se convulsiona y vuelve a convulsionarse y hace un ruido que en otras circunstancias sería gracioso y luego se queda quieto.

—Carajo —dice, y se colapsa sobre mí. Corro las palmas de la mano por su espalda, arriba y abajo, y siento algunas nuevas bolitas allí. Detesta tener acné en la espalda, de modo que quito la mano para no atraer la atención hacia los granos. Ahora que está flácido, su pene se encoge en mi interior y sale.

Cuando me levanto para ir al baño, un reguero de semen, como clara de huevo, corre por mi pierna. Me horroriza. Siento como si me hubiera hecho pipí. No sé qué esperaba. Supongo que pensé que todo se absorbería en mi interior o, más bien, supongo que ni siquiera había pensado en lo que pasaría. Las otras veces que no usamos condón, Seth sacaba su pene y se venía en mi estómago o, en esas dos ocasiones, en mi espalda. Y después usaba su camiseta o un calcetín para limpiarme. Pero esta vez, mientras camino al baño de mi recámara, esa pegajosa humedad se desliza por mis muslos y un par de gotas caen silenciosamente a la alfombra.

No es que no tenga orgasmos; es sólo que no los tengo con Seth.

Él no lo sabe porque no se lo he dicho. ¿Por qué lo haría? Simplemente lo haría sentir mal. Y no es su culpa que no tenga orgasmos cuando estamos juntos. Y tampoco necesito ese estúpido vibrador. Parte de mí quiere gritarle: «¿Qué tipo de regalo es ese?».

Pero no le grito y no le digo acerca de los orgasmos que sí tengo, que he tenido desde los catorce años, a solas y con todo tipo de técnicas: con la mano, con el chorro de agua de la regadera, con la almohada y con las cobijas entre las piernas.

Y tal vez ninguna de ellos cuente. Quizá no sean orgasmos «reales» porque siempre suceden cuando estoy a solas. Es como esa pregunta: si un árbol cae en el bosque y no hay nadie que lo oiga, ¿emite un sonido? Lo más seguro es que los orgasmos a solas no cuenten si no hay un chico que esté allí para atestiguarlos, para causarlos.

En la clase de Literatura estamos leyendo *Cien años de soledad,* de Gabriel García Márquez, y estamos aprendiendo acerca del realismo mágico. Esta es la definición de realismo mágico del señor Whitbey: hacer que lo ordinario sea extraordinario.

Leímos la parte en la que José Arcadio Buendía ve hielo por primera vez. El autor lo describe como «un enorme bloque transparente, con infinitas agujas internas en las cuales se despedazaba en estrellas de colores la claridad del crepúsculo». Cuando su hijo toca el hielo, retira su mano de inmediato y exclama: «Está hirviendo».

José Arcadio Buendía llama milagro al hielo. Y, para alguien sin acceso a refrigeración y que vivía en un sitio en el que el agua jamás se enfriaba lo suficiente para congelarse, supongo que el hielo parecería un milagro.

—Lo que sucede aquí —dice el señor Whitbey recargándose contra su escritorio de esa manera que hace que sus caderas parezcan amplias y aseñoradas— es que, para el lector moderno, el hielo es una comodidad invisible. Lo damos por hecho. Es cotidiano, es aburrido. Pero cuando vemos el hielo a través de los ojos de Arcadio Buendía —pronuncia el nombre en español con un acento perfecto, de la misma manera en que lo hizo el año pasado cuando leímos *Madame Bovary* de Gustave Flaubert—, entonces lo vemos como algo mágico, milagroso.

Esto me recuerda algo más, pero no alcanzo a traerlo a la realidad. Puedo sentir cómo da vueltas en mi interior, esa conexión, y casi logro recuperarla, pero mi teléfono vibra dentro de mi bolsillo y lo que sea que haya sido, eso que estuve a punto de pensar, se desvanece.

Es un mensaje de Seth. Lo veo, a una sola fila de distancia, su teléfono entre las manos, debajo del escritorio, los ojos bajos, y con esa sonrisita que sé que es para mí, aunque no está viendo hacia mi dirección.

«Sábado», dice el mensaje. «Estás ocupada todo el día».

«Se supone que voy a verme c/Louise», respondo, que no es para nada cierto. Pero conozco a Seth. Sé lo que les da valor a las cosas.

Como en la perrera: si hay dos personas que están pensando en adoptar un perro, ese perro se vuelve un tesoro. De la nada, las dos personas *tienen* que tener a ese perro, incluso si momentos antes no podían decidirse.

La respuesta de Seth es inmediata: «Cancela».

Lo hago esperar algunos momentos antes de contestarle: «Ok».

Y entonces me viene a la mente eso que quise recordar con la explicación del hielo mágico del señor Whitbey. Es la estatua, la primera que mi mamá y yo visitamos en Roma cuando yo tenía catorce años. *El éxtasis de santa Teresa.*

🌿 🌿

Unos días después, el jueves al terminar las clases, manejo directo al refugio. Cuando me ordenaron que encontrara un lugar donde trabajar de voluntaria (¿es posible ordenarle a alguien que se preste de voluntario? Y, en ese caso, ¿sigue siendo trabajo voluntario?), supe de inmediato que preferiría trabajar en un refugio de animales que en un asilo o en un banco de alimentos. Pero entonces tuve que elegir entre el refugio más cercano a la casa —el que administran los jubilados y las viudas sin nada mejor que hacer con su tiempo más que peinar bichón frisés y enseñarles a traer pelotas a las cruzas de labrador y poodle, y donde las «áreas de retención» están construidas en una media luna alrededor de un patio central que tiene una enorme fuente y que donó alguna mujer adinerada amante de los gatos que se murió hace mil años— o el de Santa Ana.

Antes, mi mamá tenía que llevarme, situación que resentía enormemente.

—Ya bastante malo es la estupidez que le hiciste a esa pobre niña —me dijo—, pero no veo por qué habrían de castigarme a mí también. —Nunca le respondí. Simplemente miraba por la ventana mientras nos alejábamos de las cuidadas y perfectas calles de Irvine y tomábamos la autopista donde otras personas en autos se deslizaban silenciosamente, cada auto una vaina separada de vida, cada persona diferente y alguien a quien jamás conocería.

En cuanto obtuve mi propia licencia y mi propio auto —el Prius de segunda mano de mi mamá, en realidad un regalo de mi madre a sí misma, ya que no tendría que volver a hacerla de chofer— fui sola al refugio. Me lleva treinta minutos llegar a Santa Ana. Podría llegar en veinte pero, como siempre, no voy por la autopista. El refugio está en el sótano de un edificio de concreto en el centro de la ciudad. Aquí los autos no brillan y lo más seguro es que tengan parachoques y faros pegados con cinta en lugar de calcomanías de registro actualizadas. En este sitio hay problemas más importantes que mascotas que necesiten «reubicación».

A algunas cuadras de la perrera está el recién rehabilitado Distrito Artístico de Santa Ana. Allí, jóvenes artistas tatuados y escritores sorben capuchinos y cervezas artesanales en cafés al aire libre; allí, las bandas locales descargan su equipo los fines de semana para tocar en restaurantes y galerías de arte. Sé que existe esa parte de Santa Ana porque he manejado por esas calles. Pero ese edificio, la perrera, es la única razón por la que salgo de Irvine.

Presiono varias veces el botón de mi llavero que cierra el auto para estar perfectamente segura antes de entrar.

El sonido de los ladridos y el hedor a orina me golpean al momento en que jalo la puerta de entrada que lleva al área de recepción. Van juntos, ese ruido y ese hedor.

—Hola, Nin —dice Bekah desde detrás del mostrador. Casi no aparta la mirada de su teléfono.

—Hola —respondo. Bekah está usando el chaleco morado de poliéster que la define como voluntaria de animales pequeños, lo que me recuerda que debo sacar mi propio chaleco de mi mochila, el verde para perros, y ponérmelo. Cuando empecé a trabajar en el refugio, Bekah fue la que me dio el recorrido. Jamás me preguntó por qué estaba haciendo labor voluntaria, cosa que le agradecí, pero justamente por eso yo tampoco se lo pregunté, de modo que sigo sin tener idea de las razones por las que está aquí. No parece la clase de persona a la que le gustaría pasar el tiempo en una apestosa cárcel subterránea para animales. Supongo que es lo mismo conmigo, pero Bekah parece interesante y divertida, como alguien que tendría mejores cosas que hacer y, sin embargo, aquí está.

—¿Quién está a cargo?

—Ruth —me responde. Ruth es la mejor y más desalmada supervisora del refugio. Tiene como sesenta y cinco años de edad y el cuerpo de un pitbull; baja y musculosa, con el cabello gris muy corto. Hasta donde hemos podido ver, no le importa un carajo ningún ser humano, vivo o muerto. Todo en su vida se centra en los animales.

—Okey —digo—, nos vemos. —Guardo mi mochila en uno de los casilleros para voluntarios y me apunto en la computadora, pasando sobre Bekah para alcanzar el teclado. Le está mandando una fila de corazones y arcos y flechas a su novio Jayson.

Justo arriba de su texto hay una foto. Hay piel y pelo y un anillo de metal con una esfera. Bekah levanta la mirada y me descubre viendo la foto. Trato de alejar la mirada como si no estuviera fisgoneando, pero ella sólo se ríe.

—Lo lamento —empiezo a decir y trato de seguir para aclararle que no era mi intención meterme, pero la puerta se abre y entra una joven pareja con un pitbull blanco y negro. La bocaza del animal está abierta, tiene la lengua de fuera y parece estar sonriendo. Pero la pareja no hace lo mismo. La chica, de cabello morado oscuro y que parece como de veinte años, tiene subida la capucha de su chamarra y su cara está enrojecida e inflamada de tanto llorar. El chico con el que está parece quizá unos cinco años mayor que ella; es latino e increíblemente guapo, y él es quien trae la correa del perro. No está llorando, pero no se ve nada feliz.

Bekah guarda su teléfono en un cajón del escritorio.

—¿Encontraron al perro en la calle? —Su voz es toda alegría e inocencia, aunque sabe de sobra que no encontraron a ese perro en la calle. Van a renunciar a su animal.

Las lágrimas de la chica, que estaban bajo control, se convierten en una verdadera cascada.

—Eh, no —dice el novio—. Nos tenemos que mudar y el sitio nuevo no acepta mascotas.

—Ah —dice Bekah—. Pero *sí* es su mascota, ¿correcto?

—Ajá —responde él, rascándose el cuello—. Por eso estamos aquí.

Bekah deja de fingir.

—Es el formulario amarillo —dice, señalando hacia la estantería en la pared contraria, donde se encuentra un arcoíris de formularios: amarillo para renuncias; rosa para animales encontrados; verde para mascotas perdidas; anaranjado para adopciones.

El perro se acuesta en el piso y empieza a rascarse detrás de la oreja; tiene orejas cortas en pico que se levantan en el aire, una mutilación común que se les hace a esos perros para que parezcan más amenazantes, pero que los hace prácticamente imposibles de adoptar. Miro el formulario que el chico está llenando. Por supuesto, el nombre del perro es Bronx.

La chica se hinca junto al perro, le abraza el cuello y solloza sobre su enorme cabeza.

—No llores, amor. Bronx es un perro fabuloso; seguro que alguien lo adopta —le dice su novio.

Sin la más mínima duda, *nadie* lo va a adoptar. Estará en una jaula entre dos semanas y dos meses. Si tiene suerte, un rescatista de pitbulls se lo llevará o lo colocará en una situación de hogar sustituto por un tiempo, pero las probabilidades son que esté solo y asustado dentro de su jaula por un par de semanas, con apenas quince minutos de ejercicio al día —dando vueltas al patio terregoso con voluntarios como yo— y que lo inyecten en la vena para matarlo.

Yo lo sé. Bekah lo sabe. El tipo, por las miradas tristes que le dirige de soslayo a su angustiada novia y al perro, lo sabe también. Y la novia también debe saberlo; todo el mundo ha oído las noticias relacionadas con este tipo de perros y lo difícil que es que los adopten. Y si Bronx todavía no lo sabe, se va a enterar muy pronto.

En lo que a perros se refiere, la teoría que mi mamá tiene sobre el amor no se sostiene; los perros aman a sus dueños sin condiciones, incluso cuando esos dueños son unos absolutos imbéciles.

No aguanto quedarme allí parada viendo la escena. Se me hace un nudo en la garganta, se me acumulan las lágrimas que me rehúso a verter.

—Voy por Ruth —logro decir, antes de entrar al área de las perreras por la puerta del fondo.

Como voluntaria adolescente, tengo limitaciones en cuanto a lo que puedo hacer, y la recepción de animales a los que los dueños han renunciado está más allá de mi esfera de actividades. Lo que en realidad es algo bueno. Si tomara la correa de Bronx de la mano de la chica, no sé si podría contenerme de decirle lo que pienso de ella, de su novio y de su «mudanza». Lo que pienso de la gente como ella, que hace lo que le resulta fácil y conveniente, que se deshace de las mascotas como si fueran platos de cartón o algo por el estilo.

Ruth está junto al área de aislamiento donde ponemos a los perros enfermos en un esfuerzo por evitar que las enfermedades se esparzan por toda la perrera. En una ocasión, unos años antes de que yo trabajara allí, parece que hubo un terrible brote de gripe canina por el que tuvieron que sacrificar a dos tercios de los perros de una sola vez. Simplemente no había los fondos suficientes para tratar a todos esos animales.

Ruth se refiere al brote como el Incidente Auschwitz, aunque no hayan gaseado a los perros. Desde 2010, el método de elección en este refugio ha sido la inyección letal.

—Bekah te necesita —le digo—. Una renuncia.

—Gente de mierda —dice Ruth, cosa que es su mantra.

En ese momento me parece más que adecuado.

—Gente de mierda —le respondo y asiente.

—La perrera norte necesita sus ejercicios —dice, antes de dirigirse al frente.

De modo que me dirijo a la perrera norte, llena de perritos. Algunas personas están dando vueltas por allí, hincándose junto a las jaulas donde naricitas mojadas se asoman entre la malla de metal y lenguas rosadas rodean los dedos que se les acercan de manera desesperada. Stanley está sentado donde siempre cuando hago mis turnos allí: en un banco al centro de la perrera. Trae puesto un chaleco verde igual al mío y tiene una correa sobre su regazo. Entonces se levanta y camina hasta esta chica, tendrá quizá unos veinticinco años, que está viendo a un perro blanco, una especie de cruza con terrier. Pero Stanley no es de lo más apto en cuanto al espacio personal y ronda a su alrededor de una manera que resulta algo repulsiva.

—¿Quiere que saque al perrito para que pueda jugar con él? —le pregunta a la chica.

El perro está haciendo su máximo esfuerzo por cerrar el trato, moviendo la colita y viéndose adorable, pero Stanley asusta a la chica, quien se levanta de repente cuando él le habla y sacude la cabeza. Probablemente estaba a punto de decidirse cuando Stanley le habló. Decir algo así parece malintencionado por la manera en que es él, pero Stanley no es exactamente el vendedor del año, si entienden lo que quiero decir. Si Stanley estuviera al otro lado de una de las puertas de la perrera, lo habrían sacrificado hace tiempo. Es todo lo que estoy diciendo. No es culpa de Stanley y no es un hecho agradable, pero es cierto.

—Hola, Stanley, ¿cómo estás? —digo, mientras me dirijo a la jaula del fondo y tomo un par de correas de un gancho cercano.

—¿Qué tal, Nina? —dice, estirando mi nombre como si fuera un chicle, como si le gustara el sabor que tiene. Ni… na….

Les pongo correas y arneses a tres de los chihuahuas de la jaula uno y dejo que me jalen hasta el patio de juegos. Es deprimente que todos sepan cómo llegar si piensas en el poco tiempo que pasan allí.

Patio de juegos es un verdadero eufemismo para este pequeño cuadrito de tierra enrejada. Hay una banca en una esquina, donde me siento después de quitarles la correa a los perros para mirar su primer circuito del patio, las narices abajo, oliendo la tierra mientras trotan por allí. Después de que todos terminan de olisquear y mear y después de que uso una bolsa para recoger el montoncito de caca que uno de ellos deja atrás, tomo una pelota de tenis medio deshecha y se las arrojo un rato. Ese es todo el tiempo que logran salir de sus celdas de concreto en el día. Si tienen suerte, saldrán cinco veces esta semana.

Necesitamos más voluntarios, más fondos y, por supuesto, menos perros; pero, como están las cosas, esto es lo único que podemos darles mientras esperamos que los encuentre su «hogar eterno», como les gusta decir a las voluntarias más optimistas.

Felices para siempre. Eso sería maravilloso. Pero lo más seguro es que al menos uno de estos tres jamás vuelva a ver el exterior de este refugio. Si fuera a apostar, lo haría por que saliera la que llamamos Ginger. Es bastante mona y dócil y sólo tiene tres años. Pero los otros dos… Las probabilidades no se ven nada buenas para ellos.

En primer lugar, los dos son negros. Eso no es porque yo sea racista; es porque es verdad. La gente no adopta perros negros con la misma frecuencia ni velocidad con la que acepta a los perros de colores más claros. Incluso si pasan la prueba de temperamento a la perfección, incluso si logran no enfermarse o si no están viejos o cojos. Simplemente estoy reportando los hechos como son.

Y estos dos no tienen nada especial a su favor. No son chiquititos; no son especialmente simpáticos; son algo ladradores y uno de ellos se la pasa tratando de restregarse en piernas ajenas. A la gente eso no le gusta.

De modo que yo soy la llave de su libertad durante estos quince minutos y soy su mejor amiga cuando les lanzo la pelota como ahora, pero cuando el tiempo se acaba vuelvo a ser su carcelera y les pongo las viejas y raídas correas en los arneses para volver a llevarlos a la jaula uno. Esta vez no se me adelantan.

CUANDO ERA PEQUEÑA, LE ROGABA A MI PAPÁ QUE JUGARA CON-
MIGO. Solía picarle los costados, hacerle cosquillas, cubrir sus ojos
con mis manos. Me robaba sus cigarros y los escondía. Quitaba las
marcas de los libros que estaba leyendo.

Tenía hambre todo el tiempo. Siempre.

Era una boca, totalmente abierta y dislocada. Era un bolso desa-
tado que ansiaba llenarse. Era un abismo, un remolino, un embudo
vasto e interminable.

Era la vaciedad al interior de las cosas. Era espacio negativo.

Lléname, aliméntame, fórmame.

Tal como me enseñó mi madre, el amor incondicional no existe. O, al menos, no existe amor que dure para siempre. De manera inevitable, cada relación termina de una u otra forma: con un rompimiento o con la muerte.

Puede ser entre un padre y un hijo. Puede ser entre amantes o entre amigos. Incluso es inevitable que la relación entre un perro y su amo termine de una de estas dos maneras.

Hace poco vi una fotografía de un perro sentado fielmente sobre la tumba de su dueño. Esa relación está acabada, sea que el perro se haya enterado de ello o no. Con más frecuencia, la relación termina con la muerte del perro, porque los perros no viven tanto como los humanos. Ese es el mejor final al que puede aspirar el perro: morirse antes. Pero a veces sucede lo que pasó el día de hoy en el refugio. La peor manera en que puede finalizar la relación entre perros y humanos. Abandono. Rompimiento.

Pero nada dura para siempre y los finales felices no existen.

Estoy detenida en el semáforo justo donde Santa Ana se convierte en Irvine, cerca de la autopista 55. Volteo a ver el auto junto al mío. Lo conduce una anciana. Sostiene el volante con ambas manos. Junto a ella, la cabeza echada hacia atrás y la boca a medio abrir como si durmiera, se encuentra un anciano, posiblemente un cadáver.

Incluso si su unión durara cincuenta años, incluso si las cuatro manos de la pareja se llenan de manchas a causa de la edad, incluso si sus dientes adquieren el mismo tono amarillento que el de las teclas de un piano viejo, o incluso si su aniversario se celebra con plata, alguno de ellos morirá primero.

⤛ ⤜

El sábado por la mañana, Seth me recoge poco después de las siete. Ya pasó por Starbucks y noto con sorpresa que hay dos bebidas en los orificios para tazas.

—¿Me compraste algo?

—Claro que sí —dice Seth, inclinándose sobre la palanca de velocidades para besarme. Sus labios guardan el calor del café—. Debes pensar que soy un patán fuera de serie.

Me abrocho el cinturón y sorbo el *latte* a través del orificio de la tapa. Está caliente y espumoso y sabe a vainilla, mi favorito.

—Gracias —le digo.

—Nada que agradecer —dice Seth mientras se dirige a la autopista. Tengo frío, de modo que sostengo el vaso con ambas manos. Los limpiadores aclaran mi perspectiva cada dos segundos. No está lloviendo con fuerza, es sólo una ligera llovizna y el pronóstico anunció que el día estaría totalmente despejado para las doce.

—¿Y adónde vamos?

—Le dicen el Puente a la Nada. —Seth pisa el acelerador a fondo al subir por la rampa de entrada, rebasando rápidamente a los autos en el carril de la derecha y zigzagueando por los cuatro carriles hasta el que se encuentra a la extrema izquierda—. Está bastante más allá de Azusa.

Jamás he estado en Azusa, a pesar de que he pasado toda mi vida en Irvine. De hecho, no he ido a muchos lugares más allá de un radio de veinte minutos en auto de mi casa, excepto por algunos viajes de fin de semana a San Diego, la semana en que condujimos por la costa hasta San Francisco y la vez que mi mamá me llevó a Roma. Casi pregunto dónde se encuentra Azusa, pero no quiero que Seth sepa lo tonta que soy para la geografía, de modo que me quedo callada y me dedico a representar mi papel de pasajera. Seth pone algo de música, esas porquerías electrónicas de computadora que le gustan, y me siento bien. La lluvia golpea el parabrisas, los limpiadores la retiran. Una y otra vez.

Prácticamente no hay tráfico y se siente bien ir juntos, salir de la ciudad. La música está demasiado fuerte, pero la dejo así. Basta con que Seth se haya acordado del tipo de café que me gusta.

Manejamos hacia las colinas. Seth estira la mano y la coloca sobre mi pierna; es cálida como el café.

Me gustaría que pudiéramos manejar para siempre, no porque me guste hacerlo, sino porque esto es perfecto, o tan cercano a la perfección como jamás me he sentido; el peso y la calidez de la mano de Seth. El *latte*. Haber previsto y planeado este día. La sensación de que me hayan elegido, de que me quieran aquí. De ser exactamente lo correcto.

La lluvia se hace menos fuerte y baja hasta que finalmente se detiene y un rayo de luz atraviesa las nubes. Es casi ridículo lo sorprendente que parece que aparezca un arcoíris justo enfrente de nosotros, enmarcado como cuadro en el parabrisas.

—¡Mira! —exclamo.

—Detesto los arcoíris de mierda.

—¡Nadie detesta los arcoíris! ¡Son *arcoíris*! ¡Son *increíbles*! ¿¡Cómo puedes detestar los arcoíris!? —prácticamente estoy tartamudeando.

—Dios, Nin, eres de lo más fácil —dice Seth, y se ríe y me exprime la pierna—. Es broma. —Su sonrisa es agradable.

Coloco mi mano sobre la suya y él separa los dedos para que los míos puedan entrecruzarse con los suyos.

En Azusa nos detenemos en una tienda para comprar unas botellas de agua fría.

—Quizá deberías comprar algo de protector solar —dice al último minuto, justo antes de que la cajera termine de marcar las cosas.

—En la parte de atrás de la tienda —dice, aburrida—, junto a la farmacia.

—Te veo en el auto —dice Seth.

Hay como treinta tipos de protector solar. Elijo uno que dice «a prueba de agua» en caso de que vuelva a llover o algo por el estilo. La fila de la caja al frente está enorme, de modo que voy al mostrador de la farmacia para pagar.

Sólo hay una persona frente a mí. Está tomando billetes de un rollo, contando los de a cinco y los de a uno.

—¿Quiere hablar con la farmacéutica? —le pregunta el cajero. Es un tipo blanco y viejo con una de esas gigantescas panzas.

—Sí, gracias —dice la chica, y empuja el dinero hacia la caja. Él lo toma, le da un montón de monedas en cambio y desliza una caja hacia ella. La chica se hace a un lado para esperar. Pongo el protector solar sobre el mostrador, pero echo una mirada para ver su compra.

La caja está frente a ella. Es color violeta y blanco con un arco verde sobre las letras que indican: *Plan B One-Step* y, debajo de eso, en rosa, «anticonceptivo de emergencia».

La farmacéutica se acerca, una mujer de aspecto completamente genérico, de más de veinte pero menos de cincuenta, de oscuro y relamido cabello negro sostenido en una cola de caballo.

—¿Ya has usado esto antes?

—Siete dólares con sesenta y tres centavos —me dice el de la panza gigante y le entrego mi tarjeta de débito; mi atención está completamente centrada en la conversación de junto.

—No —susurra la chica.

—Deslice la tarjeta —me dice el panzón.

—Es una sola pastilla —dice la farmacéutica—. Se toma de forma oral dentro de las setenta y dos horas posteriores a haber tenido relaciones sexuales. ¿Han pasado más de setenta y dos horas?

—Eh… —dice la chica—. No creo. No.

—Tiene que digitar su NIP —me dice el cajero.

—Mientras más pronto la tomes después de tener relaciones no protegidas, más eficaz es —dice la farmacéutica—. La píldora contiene levonorgestrel, que es lo mismo que las pastillas anticonceptivas. Sólo que es una versión más concentrada de lo mismo. ¿De acuerdo?

La chica asiente. Yo ingreso mi NIP y el cajero me extiende el recibo.

—¿Me va a doler?

—Los efectos secundarios más comunes son náuseas, algo de dolor abdominal, fatiga, dolor de cabeza y cambios en tu ciclo menstrual. Quizá sientas algo de mareo. Si vomitas dentro de las primeras dos horas después de tomar la pastilla, es posible que necesites hablar con un médico para ver si te receta otra dosis.

—¿Necesita algo más? —El cajero panzón se ve molesto, aunque no hay nadie formado detrás de mí.

—No —respondo—. Gracias. —Me doy la vuelta para ver que la chica está metiendo la caja sigilosamente dentro de su bolso, como si se la estuviera robando, a pesar de que vi que ya había pagado por ella.

➤➤ ◄◄◄

Manejamos y manejamos. La autopista se convierte en camino de terracería y seguimos manejando. Bajamos las ventanillas y respiramos el aroma a tierra mojada, mi favorito. ¿Cómo es que la tierra puede oler a limpio? Pero así es.

Finalmente, llegamos a nuestro destino, donde el camino se convierte en un estacionamiento. Está bastante lleno, pero no atascado, con autos que parecen pertenecer a este sitio, jeeps y camionetas con guardafangos, y autos que no lo parecen, como el Acura de Seth. En su mochila, Seth mete las botellas de agua, la carne seca y los paquetes de frutas secas y nueces. Se hinca para hacerle un doble nudo a sus agujetas y me sonríe, un ala dorada de cabello sobre su frente.

Mientras manejaba me contó que el trayecto a pie era de seis kilómetros y medio desde cualquier dirección, y que el puente realmente se dirige a la nada, que no es una metáfora poética.

—Lo construyeron en los años treinta —me dijo Seth—. Se suponía que iba a conectar Wrightwood con las montañas de San Gabriel, pero una inundación deslavó un trozo enorme de la carretera. Abandonaron el proyecto, pero el puente ya estaba construido.

—Y ahora a la gente le gusta recorrerlo.

—La gente hace toda clase de locuras.

El camino que tomamos al alejarnos del estacionamiento es amplio. Se levantan nubes de tierra con cada paso que doy.

El camino está decorado con las huellas de las personas que ya caminaron por él antes de nosotros; botas de senderismo con suelas con patrones de diamante, huellas en zigzag de zapatos deportivos, y por aquí y por allá huellas que parecen de perro, junto con otras más grandes que podrían ser de un coyote.

Caminamos lado a lado por el sendero a medida que el sol sube sobre nuestras cabezas, haciéndose más brillante y caliente conforme se evapora la humedad de la mañana, y el camino se estrecha y se estrecha, hasta la entrada de un cañón. Me gustaría que estuviéramos tomados de la mano, pero no es el caso, y entonces el camino se estrecha demasiado y tenemos que caminar en fila india, yo detrás de Seth.

Nos terminamos el café en el auto y, aunque no tengo sed, me gustaría estar sosteniendo mi taza.

Hay un río que tenemos que cruzar varias veces para mantenernos sobre el camino. Las primeras dos veces que lo cruzamos, no hubo problema; en la primera ocasión lo cruzamos saltando de piedra en piedra y en la segunda había un árbol caído que formaba un puente natural. Pero mientras más nos adentramos en el cañón, más rápido fluye el agua y más profundo se hace el río.

En el tercer cruce tuvimos que vadear el río.

—Hay años en que este río puede ser muy traicionero —dice Seth. Se puso sus tenis al cuello, con las agujetas atadas, y se metió los calcetines en el bolsillo de los pantalones. Yo elegí los zapatos incorrectos: mis Teva, que son buenos para caminatas cortas, ya están sacándome ampollas. Supongo que ha pasado demasiado tiempo desde la última vez que hice senderismo y las plantas de mis pies no están acostumbradas. Me quito los zapatos antes de meterme al río y el agua fría se siente de maravilla. Me gustaría poder quedarme aquí y dejar que el agua helada bañe mis pies el resto del día.

—¿Qué tan lejos me dijiste que está? —pregunto.

—Lejos —responde Seth. Ya llegó al otro lado y está sentado en una piedra, poniéndose los calcetines y los tenis—. ¿Estás bien?

—Ajá —le respondo—. Excelente. —Me obligo a salir del agua—. Es sólo que los pies me duelen un poco. Debí haber usado mis tenis.

Seth frunce el ceño al mirar mis pies enrojecidos enfriados por el agua. Me siento expuesta y estúpida. Debí imaginarme que no podía usar sandalias, aunque fueran sandalias para senderismo.

—Toma mis calcetines —me dice, mientras se los quita y me los pasa. Son negros y tienen una costura roja a lo largo de la punta.

—No, no hay problema.

—Jamás lograrás llegar al puente y de regreso si no te los pones. Perdón, están medio sudados.

Tomo los calcetines y me siento junto a él. Están calientes y húmedos. «Me dio sus calcetines», pienso tontamente. Es sólo que esto se siente como algo importante, como si significara que está dispuesto a estar menos cómodo para que yo me sienta mejor.

Con cuidado, meto el pie izquierdo en uno de los calcetines. Está enorme. La punta queda flotando más allá de los dedos de mis pies. Me vuelvo a poner el Teva arriba del calcetín. Se siente mejor así, con el calcetín entre el pie y las correas.

Caminamos otras dos horas antes de llegar al Puente a la Nada y antes de verlo oímos música y aclamaciones.

Todo el camino ha sido tan silencioso —sólo con el ruido de nuestros zapatos aplastando hojas secas o el traqueteo ocasional de alguna piedra, con algunos otros senderistas aquí y allá, pero todos en su propio mundo— que cuando escucho la música pienso que viene del teléfono de Seth.

Después oigo la primera porra. Todavía no puedo ver el puente, pero la ovación es estruendosa.

—Están brincando hoy —dice Seth, mirándome por encima de su hombro y mostrándome una sonrisa feliz y abierta, una sonrisa tan amplia que me deja sorprendida. No había notado el tiempo que había pasado desde que había visto a Seth sonreír así, sonreír de veras, como por alegría, no por sarcasmo o ironía o por estarse burlando de alguien, hasta este momento.

¿Lo había visto sonreír así *antes*?

(¿Alguna vez lo he hecho sonreír así yo? ¿Cuentan sus sonrisas después del sexo, con los ojos entrecerrados y su mueca de satisfacción?).

Damos una vuelta y allí está: la extensión, el panorama, esta estrafalaria, inesperada e imposible *fiesta*.

Está el puente, algo anticuado, sus balaustradas hechas de pilares de concreto y el contrafuerte que lo sostiene blanqueado por sus años al sol. A todo lo largo del puente hay personas. Ciclistas de montaña en sus *shorts* apretados con la entrepierna acolchada, senderistas vestidos en equipo oficial con esas horribles camisas UV y pantalones con cierres a la rodilla que se convierten en *shorts*, y chicos de nuestra edad o quizá un poco mayores, niños y niñas en *shorts* cortados de mezclilla y botas de senderismo y zapatos deportivos, y hay música, el tipo de música que se toca en una fiesta, fuerte y poderosa y más relacionada con el ritmo y los gritos de los cantantes que con la letra. Sabes de lo que se trata la canción sin necesidad de conocer la letra: es enojo y libertad y desenfreno.

Toda la energía del puente está centrada en su interior, hacia una chica negra que se encuentra justo al centro del puente y que mira su entrepierna, donde está agachado un tipo blanco flacucho. Él ata las correas de un arnés que ella trae puesto; verifica las hebillas y jala una de las correas para asegurarse de que estén firmes. Después asiente y se levanta; ella se pone la parte superior del arnés y él vuelve a verificar las hebillas y correas. Después le da un casco que ella se pone, empujándolo sobre sus oscuros y abundantes rizos y atándoselo a la barbilla.

El tipo ata el extremo de una cuerda elástica al centro del arnés. Le ofrece su mano, pero ella no la necesita y se sube a la barandilla como si jamás hubiera oído del temor, las dudas o el arrepentimiento. Hay un largo momento en que se queda parada allí, los brazos extendidos, viendo directamente al frente, y toda la gente del puente, incluyéndonos a Seth y a mí, contenemos nuestra respiración compartida.

Y entonces salta.

La cuerda elástica se extiende tras ella mientras cae, como un cordón umbilical, como la trenza de Rapunzel, y mi estómago se contrae con la certeza de que no aguantará, de que se romperá y que ella también se fragmentará sobre las rocas que se asoman y se yerguen al aire del río que está debajo, que el agua que corre veloz diluirá la sangre que emanará de ella, que su piel se quebrará como el cascarón de un huevo que jamás podrá volverse a reparar. Yema y sangre y cuerda deshilachada. Rocas, agua y nada más.

Pero la cuerda no está hecha de cabello. No es frágil como el tejido y la carne humanos. Un cordón umbilical se reventaría. El cabello se desgastaría. La cuerda aguanta. Llega a su final y se estira más allá; su elasticidad la frena. Las puntas de sus dedos rozan el río. Por una fracción de segundo, la gravedad no existe y se queda suspendida de cabeza, congelada, una estatua.

La muchedumbre explota en una ovación y yo también estoy gritando, todas nuestras voces se descargan al unísono cuando la cuerda la devuelve con brusquedad hacia nosotros.

Ahora bota y da una voltereta, fuera de control, sus caderas por encima de sus brazos o piernas o cabeza, y rebota una, dos, tres veces y verlo es una locura. *Hacerlo* es una locura; saltar de un puente, confiar en el arnés y en la cuerda, incluso en el tipo, que no esté drogado o algo, que realmente esté seguro de haber afianzado a la perfección todas las cosas que necesitan afianzarse.

Al final deja de rebotar, simplemente está columpiándose a mitad del camino y la jalan de regreso, y yo estoy pensando en el puente y en cómo tiene que confiar en él también, en que no se rompa o se colapse en una nube de polvo.

Y después está de vuelta sobre el puente, sana y salva. El mismo tipo desabrocha el arnés y ella termina de quitárselo. Ahora es el turno de alguien más.

Seth y yo cruzamos el puente, y encontramos un parche de sombra donde sentarnos. Saca una botella de agua de su mochila y bebe largamente de ella antes de pasármela. Guarda la otra botella para la caminata de regreso. Tomo la botella y coloco mis labios justo donde estuvieron los suyos.

—¿Y qué piensas? —me pregunta.

Volteo para ver las rocas y la gente y el río y el puente.

—Es increíble.

—¿Lo harías? —me pregunta.

—¿Saltar?

Asiente.

¿Lo haría? Me encojo de hombros.

—¿Lo harías tú?

—Definitivamente —dice. Estira la mano para pedir la botella. Cuando se la paso, toma otro trago largo y veo la forma en que inclina la cabeza hacia atrás, la forma en que su boca se une con la orilla de la botella, la manera en que su manzana de Adán sube y baja a medida que traga. La forma de los lechos de las uñas de sus manos. La línea que sube por su antebrazo y que marca su musculatura. Las axilas oscurecidas de su camiseta y la manera en que se estira el cuello de esta. El vello de sus piernas y sus pies dentro de sus zapatos sin calcetines.

—Lo haría contigo —digo.

Vuelve a ponerle la tapa a la botella. Me mira directamente a los ojos. Está pensando algo que no puedo leer en su mirada, pero se siente muy, muy importante.

—¿Sí? —me pregunta.

Mi boca se siente seca a pesar de que acabo de beber agua. Asiento.

—Está bien —dice.

¿Está bien? ¿Qué está bien?

Me aclaro la garganta.

—Pero supongo que tienes que tener dieciocho años, ¿no? O sea, no creo que simplemente nos dejen saltar. Debe haber algo, vaya, alguna responsabilidad legal. Deben necesitar las firmas de nuestros padres o algo. —Me estoy echando para atrás y detesto que pueda darse cuenta de ello.

—Sólo si queremos usar su equipo.

Me río.

—¿Qué traes en tu mochila, Seth? Pensé que sólo traías sándwiches.

—De mermelada y crema de cacahuate —me responde—. Y unos pistaches.

—Entonces qué, ¿quieres tirarte de un puente? ¿Sin cuerda? Qué gracioso.

Pero no está siendo gracioso. No sonríe ni desvía la mirada; ni siquiera parpadea. Esto se siente como una prueba y no sé cuál es la respuesta.

Ni siquiera estoy segura de haber comprendido la pregunta. Ni las razones por las que me la haría. Realmente no podría estarme pidiendo que saltara de un puente con él, que me matara con él. ¿En realidad me está preguntando cuánto lo quiero? ¿Si mi amor por él está condicionado por que nos mantengamos con vida?

—Oye —le digo—, ¿quieres que caminemos hasta el río?

—Lo que quiero —dice Seth— es tirarme del puente.

※〳〵 〵〳〵

No nos tiramos del puente. No caminamos al río. Nos comemos los sándwiches, compartimos los pistaches, vemos a otras personas que se atan y saltan y gritan y vitorean, y lo que nos separa se convierte en un abismo.

Después caminamos de regreso.

Respondí la pregunta de la manera incorrecta. Sigo a Seth, miro cómo se mueven los músculos debajo de su camiseta mientras camina frente a mí y simplemente me odio. Estaba bromeando y debí seguirle el juego. Debí decirle sí, lo que sea, vamos, saltemos, siempre que podamos tomarnos de la mano mientras lo hagamos. Debí decir algo distinto. Debí hacer algo diferente. Pero ahora es demasiado tarde, y aunque Seth no está caminando más lejos de mí que en el camino de ida, la distancia es infranqueable.

Lo sigo y pienso en cientos de cosas que decir, pero ninguna es la correcta, de modo que no digo nada.

Dentro de los calcetines de Seth y de mis Tevas, mis pies empiezan a dolerme de nuevo. Puedo sentir cómo revientan las ampollas, pero no me importa. Me concentro en eso, en el dolor, en la parte superior de los dedos gordos de mis pies y en la parte trasera de mis talones y en las gomas de mis pies, y me obligo a sentirlo a detalle. No me permito renguear. A cada paso presiono con el talón y articulo el pie por el arco y hasta mis dedos, sintiendo el ardor y la quemazón y el desgarro de la piel y le doy la bienvenida.

A punto de llegar al auto yo ya no puedo más. Corro algunos pasos para alcanzarlo. Lo tomo de la mano y él se detiene y me mira. No puedo leer su rostro. Es como si hubiera olvidado cómo hacerlo o quizá es que jamás supe cómo hacerlo; pensaba que podía hacerlo, pero no era así.

Lo alejo del sendero hasta unos árboles y lo empujo contra una roca alta y, antes de que pueda preocuparme de que alguien pase y pueda vernos, me arrodillo como el tipo del puente, pero en lugar de abrochar correas, le desabrocho el pantalón.

Saco su miembro de su ropa interior y está suave en mi mano. No lo miro a la cara antes de abrir la boca y colocarlo dentro de mí y chupo y succiono hasta que se pone rígido y hace sonidos que significan que le está gustando y sigo y sigo, y cuando me dice «Me voy a venir», no me detengo.

La explosión dentro de mi boca es caliente y salada y sabe a sudor espeso. Respira fuerte y sus manos son puños apretados contra sus ojos.

No queda mucha agua en la botella, pero Seth me da la que queda y yo la bebo mientras él se arregla. Caminamos lo que resta del camino hasta el auto, todavía sin hablar, pero al menos lado a lado en el sendero que se amplía.

Me llevo la botella vacía. Manejamos a casa.

〰〰 〰〰

Y aún mezquina de alma, yo,
Lo tomo en mi mano,
Lo como y Lo bebo,
¡y hago con Él lo que deseo!

Es un poema real escrito por una religiosa mística allá por el siglo XIII. Estaba hablando acerca de adorar a Jesús, pero, por favor. Estaba hablando de sexo, ¿no? ¿De tener sexo con Jesús?

Eso es lo que quería: mamársela a Jesús. Y la comprendo totalmente.

Cuando amas a alguien como yo amo a Seth —de la misma manera en que esa poetisa amaba a Jesús— quieres servirle. Y quieres paralizarlo para que no pueda alejarse.

Los abuelos les dicen a sus nietos: «¡Te voy a comer todito!». De alguna manera extraña, es la misma cosa. Quieres consumir a la persona a la que amas. Quieres comértela para que esté dentro de ti, para que se convierta en parte de ti, para que jamás pueda dejarte.

Los abuelos que se comen a sus nietos. Nos comemos la carne y bebemos la sangre de Jesús todos los domingos en misa. En el camino me trago el semen de Seth. ¿Hay diferencia en ello?

¿La hay?

HABÍA UNA VEZ UNA BELLA NIÑA, HIJA DE UN REY Y SU ESPOSA. A LOS trece años, juró mantenerse perpetuamente virgen en el nombre de Su Señor Jesucristo.

Pero cuando el emperador de una tierra cercana amagó con declararle la guerra a su padre, y cuando el rey se llevó a su familia con él a Roma para negociar la paz, se vio amenazada la sagrada virginidad de su hija Filomena.

Con una sola mirada al bello semblante de Filomena, a sus ojos entornados y a sus hermosos labios, el emperador quedó fulminado por el deseo.

—Dame a tu hija para que la despose —demandó— y no te declararé la guerra.

Filomena, que quería servir a su familia, pero que ya había jurado servir sólo a Dios, se rehusó.

Y de la misma manera en que el emperador había sentido amor, ahora no percibía más que un poderoso odio por esta doncella que se atrevió a desafiar sus deseos y que osó afirmar que prefería no tener marido a aceptar la mano de un emperador.

Y así empezaron los tormentos de Filomena.

Primero, el emperador ordenó que la azotaran, y así se hizo; una gruesa correa de cuero golpeó contra la suave piel de su espalda desnuda, una y otra vez, hasta que la piel quedó lacerada y sangrante; hasta que no quedó nada que pudiera llamarse espalda.

Pero esa noche, dos ángeles la visitaron en su celda y, bajo sus gentiles cuidados, la piel de Filomena dejó de sangrar, se cerró y fue como si jamás la hubieran tocado.

Cuando el emperador vio esto, su malicia aumentó, y esta vez ordenó que ahogaran a Filomena.

Ataron a Filomena a un ancla y la bajaron al río; su largo cabello flotaba sobre la superficie después de que la sumergieran hasta la cabeza. Pero los ángeles regresaron; esta vez cortaron los lazos que la ataban y la regresaron ilesa a la ribera del río, donde tosió hasta sacar toda el agua de su interior, y sobrevivió.

Entonces el emperador ordenó que le dispararan flechas al objeto de su enojo y su lujuria. Cuando las flechas atravesaron la carne de los brazos, las piernas y el pecho de Filomena, los ángeles llegaron de inmediato y, haciendo una pinza con sus dedos, sacaron las flechas y cerraron sus heridas. Cuando los arqueros volvieron a disparar, los ángeles desviaron las flechas de su camino, para que Filomena se mantuviera libre de mal. Y cuando quisieron disparar una tercera vez, los ángeles hicieron que los arqueros cayeran muertos.

A pesar de todo esto, el emperador se negó a detenerse, ni por los milagros de los ángeles ni por nada más, de modo que ordenó que decapitaran a Filomena.

Y así se hizo: le cercenaron la cabeza un viernes a las tres de la tarde, la misma hora en que murió su novio celestial, Jesucristo, que se le había adelantado al Paraíso, y al fin Filomena estuvo libre para acompañarlo y vivió feliz para siempre.

Él no me habla y yo no le hablo y sé que se acabó. Me culpo a mí, a mí y sólo a mí. Me planteó una condición; no pude satisfacerla. Y así es como termina nuestra historia.

※ ※

Apollonia Corado llegó a la escuela el año pasado, justo después de las vacaciones de invierno. Ese es el mejor momento para ser un alumno nuevo, cuando todo el mundo está aburrido de todos los demás, cuando un rostro nuevo tiene el máximo impacto.

Asignaron a Louise para darle el recorrido de la escuela y para asegurar que supiera dónde estaba su casillero y dónde tenía que ir a la hora del almuerzo. Y Louise hizo un excelente trabajo, por supuesto, porque Louise es una niña buena, pero también porque hay cierta cantidad de atención por asociación y porque Apollonia Corado es bella.

Mi mamá me dijo que el amor de un hombre por una mujer depende de su belleza, pero lo que no me contó es que el amor que el resto del mundo tiene por ella (o no), también depende de eso mismo.

—Hay dos baños para niñas de este lado de la escuela —oigo que Louise le dice a Apollonia mientras la acompaña por el pasillo antes del almuerzo—. Pero mejor usa ese que está allá, al final del pasillo, porque tiene asientos nuevos en los escusados. Los del otro baño no se han reemplazado en siglos, nadie sabe por qué, y son un asco.

Esa era una excelente recomendación; los asientos de los escusados del otro baño *sí* eran un asco y, al paso de los años, las niñas les habían grabado palabras, palabras que se marcaban en la piel de tus pompas y tus piernas cuando te sentabas: PUTA y CONCHA y ZORRA.

Por qué alguien haría el esfuerzo por dañar un asiento de escusado era algo más allá de mi comprensión, y las razones por las que no habían reemplazado los asientos también representaban un misterio. Louise y yo teníamos la teoría de que se debía a que el intendente, un señor blanco como de cincuenta años con una placa al pecho que decía ALLAN, lo que podía ser su nombre o apellido, creía que esas palabras eran etiquetas que nosotras, las niñas, debíamos llevar y que merecíamos sentarnos sobre ellas cuando hacíamos pipí.

Ese primer día después de las vacaciones de invierno, agachada frente a mi casillero, medio escondida detrás de la puerta abierta de este, miré el pasillo lleno de alumnos y maestros, mientras Apollonia y Louise se movían entre ellos.

Vi cuando Seth se acercó a ellas y la sonrisa que mostraba y que lo decía todo incluso antes de que empezara a hablar.

—Si ya acabaste de decirle lo de los baños, Güis, yo me encargo de lo demás.

Seth —como la mayoría de los demás niños— le decía «Güis» a Louise, un apodo que fingía detestar, pero que en realidad adoraba por el mero hecho de que se habían molestado en darle uno.

—No te preocupes —dijo Louise, abrazando sus libros contra el pecho—. Todavía debo darle el recorrido. Me lo pidieron.

—No creo que importe quién lleve a la niña nueva a la cafetería —dijo Seth—. Si alguien pregunta, les digo que tuviste que cagar y que me pediste que terminara el recorrido. Vamos —le dijo a Apollonia.

Apollonia le sonrió a Louise con cierta bondad.

—Gracias por toda tu ayuda —le dijo, y las palabras que brotaron de su boca, con su acento, sonaron como si fuera de la realeza. Y después se dio la vuelta con Seth y se alejaron.

Los hombros de Louise se levantaron y cayeron, una costumbre muy suya que yo conocía bien; después se dirigió hacia mí y se recargó contra el casillero de junto.

Cerré mi casillero, le di vuelta a la perilla de la combinación y me levanté. Juntas, los contemplamos, a Seth y a Apollonia, mientras caminaban por el pasillo, sus cuerpos más cerca de lo que era completamente necesario.

—Todos estos años que lo hemos amado —dijo, en su molesta costumbre de honestidad innecesaria— para que ella entre danzando en su primer día y nos lo robe.

❧ ☙

Eran el par perfecto, Seth y Apollonia; el cabello oscuro de ella era la pimienta para la sal del pelo rubio de él. Desde el momento en que Seth reemplazó a Louise como guía de Apollonia, donde iba uno, iba el otro. Y Seth seguía a Apollonia con la misma frecuencia que ella lo seguía a él. Le sostenía el bolso mientras ella buscaba cosas en su casillero; compartía su charola de cafetería, esperando pacientemente mientras ella miraba los distintos tipos de yogur y elegía el que quería.

Me enojaba. Enfurecía. ¿Quién era *ella* para que la atendiera así? ¿Quién era *ella* para que le detuvieran el bolso según lo dictaban sus preferencias? Yo lo había deseado todos esos años y esta niña simplemente se había aparecido. Eso era todo lo que había tenido que hacer. Simplemente se había aparecido y él le pertenecía.

Y ese fue el momento en que aprendí que la belleza puede hacer que la gente te ame, pero también puede hacer que te odien con la misma intensidad.

☙ ❧

Son las seis del domingo por la tarde y no he hablado con Seth desde que me dejó frente a la casa hace veintisiete horas. No sé dónde están mis papás. No están en casa. Nadie jamás está en casa. Es como un mausoleo, nuestra casa segura y bella, e incluso cuando están aquí se sigue sintiendo como si no hubiera nadie, con cada quien metido en su bóveda particular: yo en mi habitación; Papá en su estudio; Mamá en la cocina, o en el cuarto de lavado, o en su habitación con la puerta cerrada. Pero esta tarde realmente no importa dónde estén. Toda mi energía está dirigida al exterior de la casa, por la calle y en dirección a Seth, dondequiera que pueda estar.

No tengo idea de por qué tenemos esta casa tan ridículamente enorme. A veces, en mi laptop, miro fotografías del movimiento de las casas pequeñas, el *tiny house*, y sueño con tener un hogar propio con proporciones de casa de muñecas. Estas casitas son como de treinta y ocho metros cuadrados, menos de lo que mide mi recámara, de modo que todo lo que hay en ellas es esencial. No hay espacio para nada adicional, pero no importa porque tienes todo lo que necesitas. Tienes una estufa de dos quemadores, un refrigerador chiquito, una mesa con dos sillas y un lugar para sentarte y leer. Tienes un escusado y una regadera. Arriba hay un tapanco lo bastante grande para una cama matrimonial o una *queen*, si la apachurras un poco, pero no hay espacio para que te pares. Y no importa, porque el tapanco para dormir es justo para eso, para dormir, no para pararte.

Una casa pequeña es estrecha y calientita parecida a un útero en su intimidad.

Nuestra casa es una tumba de desperdicio y espacio y vacío. Con razón mi mamá perdió tantos bebés; con razón mi corazón se siente frío y apretado y solitario todo el tiempo. Estas no son proporciones humanas, la vastedad del pasillo de entrada, el eco de la cocina impecable, los enormes techos y las paredes lisas y el aire procesado por máquinas. En nuestra casa no hay dónde agarrarte, dónde aferrarte, dónde acurrucarte y conectarte y crecer. Detesto estar aquí, y cada que entro por la puerta de entrada, quiero irme.

Trato y trato, pero no puedo encontrarlo allá afuera. No puedo sentirlo conectado a mí. Es una cuerda rota.

Pensar en la cuerda que ya no nos conecta me trae a la mente la imagen de la chica que saltó, de la cuerda elástica que la suspendió sobre el río, atándola a algo.

Y después pienso en otro cordón, el que está adherido al vibrador de manija negra, el otro extremo rojo y redondo y huloso, como una nariz gigante de payaso.

Meto la mano a ciegas en el estante superior de mi clóset y busco con los dedos hasta encontrar la bolsa de plástico; y la jalo hasta que el regalo de Seth cae del estante a mis manos.

Me siento en el piso cerca del pie de mi cama, abro la tapa de cartón del extremo superior de la caja y saco el vibrador.

Este es el único regalo que me dio Seth. Ayer me compró café y hubo veces en que pagó alguna comida, y hubo esa vez que recogió un diente de león de su patio cuando me acompañó a mi coche.

Las comidas y las bebidas que mastiqué y tragué, que digerí, se convirtieron en orina y caca. Al soplar sobre el diente de león envié sus pequeñas y peludas semillas lejos, destruyendo la flor al mismo tiempo que con ella deseaba que Seth y yo estuviéramos juntos para siempre.

Todo lo que me queda es esto. Plástico y goma y un cordón negro y largo.

Tomo el cordón y lo desenredo. Presiono el pulgar contra las clavijas del enchufe hasta que me duele y, cuando quito el pulgar, hay dos marcas sobre la yema, como si me hubieran mordido.

Después me levanto y cierro la puerta de mi recámara. Le pongo llave.

El cordón es lo bastante largo para ir de donde está conectada mi lámpara de noche hasta el centro de mi cama matrimonial. Me bajo los pantalones de mezclilla y los calzones, me los quito y los dejo en el piso.

Me siento a la orilla de la cama y pulso el interruptor al lado del vibrador. El sonido me sorprende tanto como el movimiento; zumba, y de manera bastante vergonzosa.

Lo apago. Voy por mi teléfono, lo conecto a mi estéreo y pongo una canción al azar. La canción no es lo que importa, no es como si estuviera tratando de crear una atmósfera. Lo que necesito es el ruido.

Es una vieja canción que volvieron a lanzar hace poco: «I wanna be your dog». Subo el volumen y destiendo la cama, me deslizo entre las cobijas y no vuelvo a prender el vibrador sino hasta que el sonido queda amortiguado debajo de las cobijas.

Entre la puerta cerrada, la música fuerte y las cobijas, nadie más que yo podría escuchar el zumbido furioso del primer y último regalo que me dio Seth. Dejo que mis rodillas caigan abiertas, encuentro la abertura en mi centro, el pequeño botón de su parte superior, y guío la pelota roja hasta él.

Mi espalda se arquea y siseo con asombro ante el primer contacto, maravilloso y terrible. Un relámpago de placer me atraviesa y retiro el vibrador de un jalón antes de volver a colocarlo contra mí, esta vez con mucha gentileza.

Casi duele, la vibración, el zumbido, el roce, tan distinto del flujo de agua tibia de la regadera, tan distinto de la presión de mi propia mano, tan diferente de la lengua húmeda de Seth lamiéndome.

El recuerdo de la lengua de Seth es lo que me lleva al primer orgasmo, la forma dulce en que la presionaba justo allí, justo donde estoy sosteniendo la cabeza de goma del vibrador, el ansioso, ineficaz, esperanzado movimiento de su lengua. Y cierro los ojos con fuerza y mis caderas arremeten contra el vibrador y mi cuello se tensa y los dedos de mis pies están engarrotados en un espasmo extraño y no puedo distinguir ni me importa si estoy arriba o abajo y la música toca y oigo la letra de las canciones y me imagino a gatas junto a Seth, una mascota fiel, un perro feliz, una niña buena y obediente que sigue las reglas y que obtiene su recompensa. Mientras oigo el zumbido de la herramienta en mi mano cada parte de mí vibra de una manera que me hace olvidar mi nombre y no me importa y no me importa y no me importa, con tal de que persista esta sensación, y me tenso tanto que podría romperme como un hilo, como una cuerda, como una promesa, y entonces me rompo y me despedazo y me pierdo en la vibración de mi orgasmo y tal vez emito un ruido y quizá me muerdo el labio y mis piernas se abren como alas de mariposa y después se cierran y vuelo y después me estremezco y ese placer queda atrás. Estoy de regreso dentro de mi propia piel y mi boca sabe a sangre.

Apago el vibrador y se queda silencioso entre mis manos.

Esta es una canción larga, casi de cinco minutos de duración; ni siquiera va a la mitad y ya me vine. Quiero desconectar el vibrador y guardarlo. Quiero quedarme acostada perfectamente inmóvil en este sitio por cien años. Quiero desaparecer. Quiero gritar.

No hago ninguna de estas cosas. En lugar de ello, vuelvo a pulsar el interruptor, tomo el mango negro con firmeza y presiono la punta con fuerza contra mi centro. El siguiente orgasmo es casi instantáneo, más tsunami que ola, y me sobrecoge y me pierdo en él. Cuando pasa su cresta, no apago el vibrador, no lo retiro. Lo presiono todavía más fuerte contra mí y me retuerzo bajo su zumbido implacable. Me obligo a venirme una y otra vez hasta que el placer se convierte en castigo, hasta que me duele, hasta que pierdo la cuenta de las veces que me he venido y las muchas maneras en que he perdido a Seth. Los orgasmos son un océano turbulento, cada uno supera al anterior, y me arrastran hacia adentro y hasta el fondo, como resaca.

Parte II
Eros y Tánatos

Cuando cumplí catorce años, mi mamá y yo viajamos juntas a Italia.

Supuestamente, yo no iba a ir con ella. Mi papá iba a acompañarla. Habían planeado el viaje como segunda luna de miel, para celebrar sus veinte años de casados. Folletos de viajes y listas de cosas que empacar estuvieron regados sobre la mesa del comedor por meses. Mamá había cambiado el protector de pantalla de su laptop por una fotografía de la Basílica. Sacó los pasaportes de la caja de seguridad del banco, investigó la tasa de cambio del euro y comparó lugares donde quedarse y costos de transporte y restaurantes. Sacó todos sus libros de idiomas de la universidad y repasó las conjugaciones de los verbos en italiano.

Pero luego, doce días antes de su partida, una semana antes de mis últimos días de secundaria, llegué a la casa para encontrar la mesa del comedor perfectamente vacía, limpia y pulida.

El auto de Mamá —el Prius que yo habría de heredar— estaba en la entrada, pero la casa se sentía más que vacía. Sólo se escuchaba el silencioso rumor del aire acondicionado, el tictac del reloj y mi propia respiración.

—¿Mamá? —llamé—. ¿Hola?

No hubo respuesta. Tomé un refresco del refrigerador y lo bebí, parada frente a la barra de la cocina. Después abrí el bote de reciclables para tirar la lata y allí estaba, el viaje de mis papás, todo entero, los folletos y las listas e incluso los pasaportes. En la basura.

Coloqué la lata sobre la barra. Miré alrededor y después de nuevo al montón de papeles en la basura. No podía dejarlo allí. Era un error, tenía que serlo. Quizá la señora de la limpieza fue quien había tirado todo esto por accidente.

Saqué todo del basurero y lo coloqué en un montón ordenado sobre el mueble de la cocina. Después tiré mi lata. Y después ya no supe qué más hacer.

Me quedé parada allí, en la cocina, con una mano encima del montón de papeles. Ninguna señora de la limpieza tiraría los pasaportes. Eso me quedaba claro.

—Ya llegaste.

Tragué, sorprendida por la voz de mi madre, y sentí una oleada de culpa por lo de los papeles, aunque yo no había sido quien los había tirado.

—Encontré todo esto en la basura —dije—. Yo no lo tiré.

—Claro que no lo hiciste —dijo Mamá—. No harías algo así. —Tomó los papeles de donde estaban y les dio unos golpecitos sobre la barra para ordenarlos, aunque ya estaban perfectamente organizados. Su cabello oscuro caía en olas alrededor de su rostro. Casi nunca lo traía suelto. Y vi que no se había puesto labial.

Levantó la mirada del montón de papeles y me sonrió. Una sonrisa cansada, no real.

—Fue una estupidez de mi parte —me dijo—. Yo los tiré. Bajé justo para sacarlos de la basura.

—Ah —dije—. Okey.

Sostuvo el montón de papeles contra su pecho.

—No puedes simplemente tirar un pasaporte —dijo, como si yo no lo supiera, como si yo los hubiera tirado al bote de reciclables.

—¿Mamá? ¿Estás bien?

Suspiró y se dirigió a la mesa de la cocina para sentarse.

—Estoy perfectamente bien —dijo—. Sólo decepcionada. Tu papá tuvo que cancelar nuestro viaje.

—Ah —dije—. ¿Por qué?

Me miró en silencio por un momento, como si tratara de decidir si podía controlar la verdad. Me paré derecha y traté de parecer inteligente, esperando que viera algo que la inspirara a confiar en mí. Pero tal vez no vio lo que estaba buscando porque, cuando respondió, fue con una sola palabra que, además, era una mentira.

—Trabajo —dijo.

—Ah —volví a decir, y me di la vuelta, las lágrimas brotaron de mis ojos.

—Nina —me dijo, y me detuve, pero sin darme vuelta—. ¿Quieres ir a Italia?

⤜⤛

Y así fue como terminé perdiéndome los últimos días de la secundaria, la fiesta de despedida y la firma de los anuarios y la ceremonia de graduación.

—De todos modos, es un montón de tonterías, ¿no crees? —Fue la manera en que lo expresó Mamá y, de repente, me pareció que sí eran tonterías, todas esas cosas que había ansiado hacer. Parecían tontas e infantiles. Y me quedó claro que la necesidad de Mamá de irse a Italia de inmediato era mucho mayor que mis deseos de hacer toda esa bola de tonterías. De modo que cambió la reservación de Papá a mi nombre y adelantó la fecha de partida y, al cabo de veinticuatro horas, estábamos en un avión que cruzó el país y, después, el océano.

No fue sino hasta la tercera hora de vuelo cuando me percaté de que no había visto a mi papá antes de irnos y de que no me había despedido de él.

HABÍA UNA VEZ UNA BELLA PRINCESA CUYOS PADRES, AUNQUE unidos por el matrimonio, estaban divididos por sus cultos, ya que su padre, el rey, adoraba a los viejos dioses paganos, y su madre, la reina, era cristiana. Al igual que su madre, Difna seguía las enseñanzas de Jesucristo y, recién convertida en mujer, le prometió su eterna castidad a Su Señor Celestial.

Pero poco después de que Difna se consagrara al Señor, su madre falleció. Aunque Difna encontró solaz en sus oraciones, no sucedió lo mismo con su padre. A medida que los días se convirtieron en semanas, sus más cercanos amigos y consejeros empezaron a preocuparse por su destructivo pesar y determinaron que debía casarse de nuevo. El rey accedió, pero sólo si encontraban una novia que se asemejara a su amada y fallecida esposa.

Pero no había nadie que se acercara a su esposa en esa belleza que tanto la distinguía. Nadie, claro está, más que su hija, Difna, a quien su padre decidió tomar como esposa, ya que nadie más podría ocupar el lugar de su amada.

Cuando Difna escuchó el terrible plan, huyó del castillo con su confesor, san Gereberno. Huyeron y se escondieron y, cuando Difna sintió que estaban lo bastante lejos para estar seguros, se dedicó a ayudar a los pobres del país donde había encontrado refugio. Todo estuvo bien algunos meses, hasta que el rey los encontró. De inmediato ordenó que se decapitara al sacerdote, y así se hizo.

—Hija mía —dijo el rey con su pesada espada en una mano—, no hay necesidad de que mueras en este día. Regresa a mí, conviértete en mi esposa para tomar el lugar de tu madre y juntos reinaremos.

Pero Difna se negó y, al levantar el mentón en forma desafiante, su padre observó la lechosa curva de su cuello y su deseo se entremezcló con su rabia; su espada, que colgaba a su lado, se levantó poderosa.

Y cayó sobre su hija y su espada le atravesó el cuello y su cabeza rodó libre hasta el sitio donde se encontraba la de su confesor, y sus ojos voltearon al cielo, donde su alma se había elevado para morar allí feliz para siempre.

Roma se movía a un ritmo totalmente distinto del de Irvine. La vida en Irvine tenía todo que ver con la moderación: las luces de los semáforos estaban coordinadas para anticipar el flujo de tránsito, evitando que los conductores tuvieran que detenerse o acelerar de manera abrupta; las tiendas cerraban temprano, hacia las nueve o diez de la noche; los topes esparcidos de manera regular aseguraban que nadie manejara demasiado rápido en las zonas residenciales. Moderación.

Roma tenía todo que ver con los extremos. Los automovilistas manejaban a velocidad, la gente subía sus motonetas a las aceras y tocaba sus cláxons para que los peatones salieran de su camino. Los turistas tomaban demasiadas fotografías. Las comidas empezaban tarde y se extendían por horas; el sol se ponía y el cielo se oscurecía antes de que el mesero llevara la cuenta.

—¿Qué, no quieren que les paguen? —le pregunté a Mamá.

Las personas se quedaban paradas en las esquinas, gesticulando ampliamente con las manos, las cenizas de sus cigarrillos amenazando con caerse. La gente hablaba fuerte y se reía con estridencia y se abrazaba y se besaba de forma que me hacía sentir como una estadounidense ridícula y aburrida.

Mamá había visitado Roma por primera vez durante su penúltimo año de universidad. Allí fue donde conoció a Papá. Eso era lo que yo sabía, pero no conocía los detalles. Supongo que jamás se me había ocurrido preguntar.

Cuando aterrizamos me quedé parada sintiéndome estúpidamente adormilada mientras Mamá detenía un taxi.

—*Portarci al Boscolo Exedra Roma* —le dijo al conductor.

—*Naturalmente bella* —le respondió él, sonriéndonos lenta y cálidamente en el asiento de atrás. Guiñó de forma muy evidente (no sé si a mi mamá o a mí) antes de darse vuelta para alejarse de la acera.

El hotel era bellísimo; un viejo castillo que habían remodelado en un moderno centro vacacional y donde la gente que trabajaba allí era bellísima también. Nuestra habitación sólo tenía una cama y, al sentarme en la orilla de esta, pensé en cómo este viaje sería la aventura romántica de mis padres. Pensé en las cosas que pudieron haber hecho en esta habitación, en esta cama.

Mamá estaba guardando sus vestidos en el clóset, sacándolos de su maleta uno por uno, sacudiéndolos para quitarles las arrugas y colgándolos en ganchos de madera iguales a los que teníamos en casa.

—Cuéntame otra vez cómo es que conociste a Papá.

—¿Otra vez? —dijo—. Creo que jamás te lo he contado.

—Bueno, sé que se conocieron aquí en Roma —dije—, pero ¿dónde exactamente?

—En una iglesia —respondió—. Frente a una estatua.

—Ah. ¿Qué estatua?

Colgó su último vestido en el ropero. Después caminó frente a mí hasta la ventana y miró hacia la calle. Se quedó ante la ventana durante un largo tiempo.

—*El éxtasis de santa Teresa* —dijo, al fin. Cuando habló, seguía de espaldas a mí.

—¿Qué hacían en una iglesia? —Ninguno de mis padres es religioso.

Finalmente volteó y me miró. Tenía la misma mirada que había tenido en la cocina, hacía dos días atrás. Esta vez no ordené mi expresión. No traté de verme de ninguna manera en especial.

—Yo estaba allí porque estaba estudiando Historia del Arte y mi proyecto tenía que ver con los cuerpos de las santas —respondió—. Sabes que siempre me han fascinado las historias de las santas.

—Solías contarme sus historias —dije—. Cuando era niña. Antes de dormir. Me contabas historias terribles de mujeres a las que descuartizaban y que morían y que iban al cielo para estar con Jesús.

—Qué locura —dijo Mamá—. Nunca hice eso.

—Sí —le dije—, lo hiciste. Lo hacías todo el tiempo. Recuerdo sus nombres: Filomena y Difna y Águeda…

—No seas absurda —dijo—. Jamás hice nada por el estilo. En fin —continuó—. Yo estaba haciendo mi investigación y tu padre estaba allí de vacaciones con su familia.

—¿Con Nona y Dada?

—No —respondió—. Con su primera esposa.

—Ah —dije, y sentí cosas dando vueltas dentro de mi cabeza, la imagen que siempre había imaginado cambiando y reorganizándose para dar cabida a este trozo nuevo de información. Por supuesto que sabía que Papá había estado casado con Judy antes de Mamá. Pero lo que no sabía era que todavía estaba casado con ella cuando conoció a mi madre.

—No me enorgullece —dijo Mamá, pero levantó el mentón de una manera que la hacía parecer orgullosa—. Sólo fue una de esas cosas. Allí estaba, con su esposa, tomando fotos de santos de los que no sabían nada y allí estaba yo, de apenas veinte años, al otro lado del mundo y de mi vida real, completamente sola.

—Ah —dije de nuevo.

—Mañana te llevaré a ver a las santas —dijo Mamá, dando la espalda a la ventana. Como si las santas fueran la parte interesante de su historia.

Me desperté en el cuarto totalmente a oscuras sin idea de dónde me encontraba, de quién estaba en la cama junto a mí, respirando profundamente, y sin idea de por qué mis muslos se sentían pegajosos.

Desperté con un sobresalto y con la certeza de que estaba muerta, sólo para reconocer de inmediato que seguía viva. Pero mi corazón retumbaba en mi pecho, como si me hubieran estado persiguiendo, como si hubiera caído del cielo. Metí la mano bajo las cobijas y toqueteé entre mis piernas. Mis *shorts* para dormir se sentían mojados.

Mamá era quien estaba en la cama conmigo, dormida. Estábamos en una habitación de hotel en Roma. Los números rojos y brillantes del reloj informaron a mis ojos entrecerrados que eran las 2:34, y la satinada oscuridad a mi alrededor me dijo que era la madrugada, no la tarde.

Jamás había experimentado el desfase horario. No sabía que así era, que podías estar dormido profundamente un instante y más despierto que nunca en tu vida al siguiente, pero que parte de ti estaría ausente, la parte del cerebro que les daba sentido a las cosas.

Me quité las cobijas de encima y me tambaleé al otro lado de la habitación. En el baño busqué el interruptor de la luz hasta encontrarlo. La luz se encendió y cerré los ojos con fuerza ante el repentino y doloroso brillo. Cuando volví a abrirlos momentos después, vi tanto la pared donde había buscado el interruptor como el interruptor. Estaban manchados de sangre.

Alguien había muerto. Era mi madre. Alguien la había asesinado mientras dormía junto a mí. Estuve segura de esto durante menos de un segundo, ni siquiera el tiempo suficiente para gritar, cuando recordé que la había escuchado respirar. Miré hacia el espejo arriba del lavabo. Allí estaba yo, mi cabello desordenado, mis ojos entrecerrados e hinchados por el cambio de horario y el descanso interrumpido. Allí estaba mi cuerpo, la palabra *brilla* sobre mi camiseta de dormir escrita al revés en la imagen del espejo. Y allí estaban mis piernas, manchadas de sangre como el interruptor de luz.

Me había bajado. Eso era todo.

Tomé mis lentes del mueble donde los había dejado y me quité los *shorts* y la ropa interior e hice pipí en el escusado, contemplando el transparente flujo de orina salir de mí, viendo cómo se mezclaba con los gotones rojo brillante de sangre que manchaban la taza.

Fue la primera vez que menstrué.

A los catorce años, fui la última de mi pequeño grupo de amigas en menstruar. El año anterior me había sentido ansiosa por ello y revisaba mi ropa interior varias veces al día, cada vez más esperanzada, pero después de meses de decepción me había rendido y había decidido que quizá estaría bien que jamás sucediera. Y ahora, aquí estaba.

Había un bidé junto al escusado. Jamás había usado uno, pero sabía lo que era y no era complicado. Después de que jalé la cadena, me pasé al bidé y di vuelta a las llaves hasta que salió un chorro de agua tibia que limpió todo resto de sangre. En el lavabo enjuagué mi ropa interior y mis *shorts*, exprimiendo la tela hasta que el agua pasó de color rosa a transparente. Colgué las cosas mojadas en la regadera y me pregunté qué debía hacer después.

¿Debía despertar a mi mamá? Parecía el tipo de cosa que haría una hija. Pero primero tenía que encontrar algo, como una toalla femenina. El neceser de mi mamá estaba sobre el mueble del baño; lo abrí y encontré la bolsita donde guardaba sus tampones. Me volví a sentar en el escusado, ahora completamente despierta, para tratar de averiguar qué diablos hacer con ellos. Me llevó tres intentos insertar uno de ellos; el primero no estaba alineado de manera correcta y, al presionar el aplicador, salió disparado entre mis piernas y al fondo de la taza.

El segundo entró como de lado y no lo bastante profundo. Jalé el hilo para quitármelo y lo envolví en papel de baño antes de arrojarlo a la basura. El tercero entró bien, al parecer, pero fue algo doloroso. Me dije que probablemente era normal ya que jamás antes había metido algo dentro de mi vagina. Y me pregunté si podría saber si el tampón había roto mi himen, dado que estaba sangrando de todos modos. Y después me pregunté si eso significaba que ya no era virgen y que si algún día tenía sexo con un chico quizá pensara que era una zorra por no sangrar en mi primera vez.

Hubiera querido usar una toalla femenina, pero Mamá no tenía ninguna en su neceser y de todos modos ya era demasiado tarde. Había un tampón dentro de mi vagina y finalmente había menstruado y era medianoche en Roma.

Regresé al cuarto. Revolví mi maleta en busca de otra pijama. Mamá seguía dormida. Estuve a punto de despertarla para decirle, pero al último minuto no lo hice. En lugar de ello, me metí lo más sigilosamente que pude en la cama, puse mis lentes en la mesa de noche y me acosté de lado viendo hacia la habitación, jalando las cobijas hasta mi barbilla. ¿Esto era todo, entonces? ¿Me había convertido en mujer?

HABÍA UNA VEZ UNA NIÑA.

No, momento. Había una vez una mujer.

No. Había una vez una humana femenina, mayor que una niña, pero menor que una mujer.

Un día, esta humana femenina notó algo al interior de su brazo izquierdo. A la mitad del camino entre su axila y su codo. Parecía una herida, pero no le ocasionaba molestia. La palpó y descubrió que podía meter uno de sus dedos en su interior sin sentir dolor.

Preocupada, le mostró a su madre.

Su madre asintió.

—Te llevaré al médico —dijo.

De modo que fueron. El médico apretó los labios y sacudió la cabeza. Después tomó aguja e hilo y cerró la herida y las envió a casa.

Pero al día siguiente fue como si jamás la hubiera tocado. Las puntadas habían desaparecido y estaba justo igual que como había estado el día anterior. Además, había otra herida, exactamente igual a la primera, detrás de su rodilla derecha. Dado que ir al médico no había servido de nada, la niña se puso unos pantalones y una camisa de manga larga y prosiguió con su día, decidida a ignorar el problema por completo.

Pero al día siguiente, y en los días por venir, aparecieron más y más heridas-no-heridas a lo largo de su cuerpo: en su estómago, en sus axilas y por toda su espalda. Y cuando la niña empezó a tener su ciclo menstrual, brotó sangre de todas ellas y supo qué eran.

De todos modos, las ocultó lo mejor que pudo hasta el día en que una apareció en su mejilla y fue imposible ocultarla más. Las personas la miraban con extrañeza y hablaban de ella a sus espaldas. Las personas mayores —tanto hombres como mujeres— sacudían sus cabezas en señal de desaprobación. Los humanos masculinos, demasiado viejos para ser niños, pero demasiado jóvenes para ser hombres, tocaban y picaban sus heridas, sin preguntarle antes si le molestaba.

Estas aberturas se convirtieron en el paisaje que era ella, en la definición de quien era, y empezaron a traslaparse y a ampliarse, cruzando su piel en todas direcciones, y la niña supo que llegaría el día en que la superarían, en que se la tragarían y en que ella misma desaparecería.

Caminamos desde nuestro hotel hasta la Capilla Cornaro. Al principio del día, las calles no estaban tan enloquecidamente atestadas como lo habían estado al llegar al hotel el día anterior; quizá las mañanas no se les daban a las personas de Italia. Por toda la calle, los comerciantes abrían sus puertas y enrollaban las cortinas metálicas que habían estado cerradas durante la noche.

Estábamos a un universo de Irvine, pero el aire se sentía exactamente igual. Sin humedad, pero podías percibir que el día se iba a calentar para la hora de la comida.

Mamá no necesitó usar un mapa o consultar su teléfono para saber adónde dirigirse: sabía exactamente cómo llegar, se paseaba por las calles como si hubiera nacido allí. Inclinaba la cabeza a la gente que pasaba y respondía al ocasional *Buongiorno* con uno propio, con voz casual y segura.

Santa Maria della Vittoria parecía exactamente lo que era: una enorme y vieja iglesia. Piedra gris pizarra, escalones desgastados, enormes puertas de madera. Era impactante pero, para el momento en que llegamos a ella, yo ya me sentía totalmente abrumada por toda la *arquitectura;* todas esas cosas antiguas, por todas partes, que nadie más parecía notar. Recargada contra la pared de la iglesia, justo a la derecha del portón, había una mujer, una pordiosera, que llevaba un velo negro sobre la cabeza. Frente a ella había una gorra de los Gigantes de Nueva York, con varios euros y algunas monedas dentro.

Antes de entrar, Mamá me dio una mascada que sacó de su bolsa y me pidió que me la envolviera alrededor de la cintura, simulando una falda, arriba de mis *shorts*. Mientras pasamos por las puertas, me distraje tratando de atar la mascada, pero una vez adentro, me quedé congelada ante el lugar en el que me encontraba.

Apenas pasada la entrada, me vi rodeada por un grado de opulencia que jamás había contemplado en mi vida. Nada de lo que experimenté antes me había preparado para esto. Cada centímetro de las paredes interiores era bellísimo: pilares de mármol jaspeado; arcos dorados; figuras exquisitamente talladas; un hermosísimo pero atemorizante fresco en el techo, rodeado por un marco dorado y lleno de ángeles sentados en nubes, contrapuestos con personas desnudas y torturadas a quienes atacaban extrañas figuras serpentinas. Había belleza donde dirigiera la mirada; belleza espeluznante, terrible y gloriosa.

Era todo lo contrario a casa, un sitio limpio, saneado y estandarizado en todos los sentidos. Irvine era predecible. Ni siquiera tenías que notar el pueblo que te rodeaba porque era completamente utilitario. Se había construido para servir un propósito; la forma se adecuaba a la función, siempre. Pero ¿qué función tenía toda esta llamativa riqueza, toda esta perfección artística? Si su propósito era inspirar asombro, era todo un éxito, al menos desde mi punto de vista.

Caminé lentamente, sin propósito, incapaz de absorber ni una fracción de lo que observaba. ¿Cómo era que los escultores habían logrado hacer que la piedra fría y dura cayera en ondas suaves como la tela del faldón de aquel ángel? ¿Cómo era que los pintores habían logrado plasmar nubes tan realistas a esa altura en el techo? ¿Y quién en este mundo tenía el dinero suficiente para pagar todo eso?

—Teresa está por allá —dijo Mamá en susurros. La seguí por el pasillo izquierdo. El centro de la iglesia estaba ocupado por dos filas paralelas de bancas. Algunas personas estaban sentadas en ellas; parecían tan pasmadas como yo. Dos mujeres mayores estaban de rodillas, tenían las manos entrelazadas, los ojos cerrados.

Mamá se detuvo.

—Allá. Esa es. Santa Teresa.

Era una mujer de mármol con un ángel sonriente erguido sobre ella, cuyas alas emplumadas se extendían tras él; su mano derecha, alzada hacia atrás, sostenía una flecha dorada, como si estuviera preparado para atravesarla con ella. Pero estaba sonriendo, y en su mano izquierda sostenía la tela del hábito de Teresa de manera gentil, amorosa, como si estuviera a punto de quitárselo.

El rostro de ella. La cabeza hacia atrás, los ojos cerrados, la boca abierta. Su hombro, encogido hacia adelante como si se contorsionara. La tensión en los dedos de sus manos y de sus pies desnudos. La energía, el movimiento capturado en la piedra. Estaba al borde de algo, en mitad de algo y yo no sabía qué era lo que estaba viendo, no sabía cómo *sentir* lo que estaba viendo. Lo único que sabía era que quería sentirme así. Quería ser santa Teresa en ese momento.

—Bastante intensa, ¿no crees? —Mamá estaba parada junto a mí, con los brazos a los lados. Por alguna razón me descubrí deseando que no me tocara en ese instante.

—¿Estudiaste esto en la universidad?

Asintió.

—¿Qué significa?

—La esculpió Bernini —dijo—. El cardenal Federico Cornaro la comisionó. Esta es su capilla funeraria. —Señaló al piso, cerca de nuestros pies. Allí, empotrados en el piso de mármol rojo, había dos retratos; dos esqueletos, uno con las manos entrelazadas y una aparente sonrisa; el otro con las manos hacia el cielo y su rostro esquelético torcido como en un espasmo de dolor.

—¿Está enterrado aquí?

—Junto con el resto de su familia. Comisionarle esta escultura a Bernini fue una elección inusual. —Me miró, evaluándome—. ¿De verdad te interesa todo esto?

No podía pensar en otra cosa que me interesara más que esa figura, que esa mujer desfallecida, que ese ángel risueño que flotaba sobre ella, con una flecha en su mano. Por supuesto que había visto esculturas antes, en los viajes escolares a Los Ángeles, pero nada como esto. Asentí.

—Bien —dijo Mamá—. Bernini era un escultor, por supuesto, pero también estaba interesado en la arquitectura y en el teatro. Esto es más que una estatua. Es toda una instalación. Mira. —Señaló al techo justo arriba de Teresa. Parecía haber nubes que flotaban allí, con luz que las atravesaba. Seguí su mano mientras señalaba un abanico de rayos dorados detrás de la escultura, iluminados por el sol—. Bernini comprendía el poder del escenario —dijo—. Hay una ventana oculta allá, hasta arriba, que permite la entrada de luz y hace que el oro brille así. Y allá —gesticuló por encima de nosotras a los lados de la estatua. Había más figuras esculpidas allí, que no había notado antes por enfocarme en Teresa y en el ángel— está el benefactor Cornaro, junto con su familia. —Las ocho figuras sentadas, cuatro a cada lado, eran hombres. Algunos susurraban entre sí mientras otros miraban con atención a Teresa y al ángel debajo de ellos, incluso inclinándose para verlos mejor—. Están sentados en palcos, ¿lo ves? Están mirando.

Parecía ligeramente repulsivo que esos ocho viejos estuvieran mirando un momento tan íntimo entre Teresa y el ángel; como si estuvieran espiándolos en un momento que debía ser privado.

—Y nosotros también estamos mirándolos —dijo Mamá—. Bernini nos hace parte del público, al colocarnos aquí, entre estos otros espectadores. Somos testigos junto con ellos.

—Pero... ¿qué le está pasando?

Mamá me miró directamente con las cejas levantadas.

—Está teniendo un orgasmo.

Un *orgasmo*. Claro que había escuchado la palabra antes. Tenía que ver con el sexo, lo sabía, pero Teresa no estaba teniendo relaciones sexuales. Estaba completamente vestida. Y el ángel ni siquiera la estaba tocando a ella, sólo a su hábito.

—Por supuesto que ella no lo concibió como un orgasmo —continuó Mamá—. Pensó que era una visita de Dios. Lo cual, en cierto sentido, puede haber sido cierto. Lee eso —dijo, señalando una placa frente a la estatua.

Veía un ángel cabe mí hacia el lado izquierdo, en forma corporal [...] el rostro tan encendido que parecía de los ángeles muy subidos que parecen todos se abrasan [...] en las manos un dardo de oro largo, y al fin del hierro me parecía tener un poco de fuego. Este me parecía meter por el corazón algunas veces y que me llegaba a las entrañas. Al sacarle, me parecía las llevaba consigo, y me dejaba toda abrasada en el amor grande de Dios. Era tan grande el dolor, que me hacía dar aquellos quejidos, y tan excesiva la suavidad que me pone este grandísimo dolor, que no hay desear que se quite, ni se contenta el alma con menos que Dios. No es dolor corporal sino espiritual, aunque no deja de participar el cuerpo algo, y aun harto.

Dolor tan extremo que la hacía quejarse. Tal exceso de suavidad ocasionada por el dolor, que quería que jamás cesara. ¿Eso era un orgasmo?

—Cuando las personas no tienen palabras con las cuales describir lo que experimentan —dijo Mamá— piensan que es magia. O algo místico. O Dios.

Mamá jamás me había hablado así antes; como adulta, como su igual. El tema era avergonzante e incómodo, pero no quería que se detuviera, de modo que le pregunté:

—¿Como los griegos? ¿Como la forma en que pensaban que Zeus ocasionaba los truenos?

—Exacto. La gente crea explicaciones para los fenómenos que no puede comprender.

—Pero… ¿cómo es que Teresa pudo…, ya sabes…, sin que alguien la tocara?

—El cuerpo femenino es poderoso y maravilloso —dijo—. Algunas mujeres experimentan el clímax sexual con sólo pensar en ello. A veces incluso en sueños.

—¿Crees que santa Teresa haya tenido un sueño? ¿Sólo un… sueño muy vívido en que tuvo… un orgasmo?

—O eso —dijo mi mamá— o realmente la visitó un querubín con una espada de punta de hierro que la atravesó en varias ocasiones ocasionándole placer y dolor sobrecogedores al mismo tiempo. —Se encogió de hombros—. Yo apostaría por un orgasmo. Eros y Tánatos, Nina —dijo—. Sexo y muerte. Al final, todo se reduce a eso.

Jamás había oído a Mamá hablar de esa forma, acerca del sexo, o del arte, incluso. Era simplemente… Mamá, la mujer que me compraba mis útiles escolares y que se aseguraba de lavar mi ropa y a la que le gustaba jugar tenis incluso durante los días más calurosos del verano. La mujer que bebía vodka con agua tónica de dieta, sin hielo, siempre en su vaso favorito de cristal cortado.

No quería verla en este momento, con estas nuevas palabras entre las dos, de modo que dejé que mi mirada se paseara sobre la estatua. Los dobleces de tela del hábito de Teresa. La luz que la iluminaba desde la ventana oculta. El ángel y su flecha ardiente.

—Entonces ¿aquí es donde conociste a Papá? —Me sentí avergonzada de preguntarlo, y mantuve la mirada lejos de Mamá.

—Es casi poético, ¿verdad? —Estaba respondiendo mi pregunta, pero ya no me hablaba a mí. Su vista estaba fija en el ángel que se erguía sobre Teresa e intuí que estaba viendo algo allí que yo no podía detectar—. La estaba fotografiando para mi tesis y tu papá se me acercó para preguntarme acerca de la estatua.

Los pude imaginar allí, mi mamá como estudiante universitaria y mi papá como hombre joven, alejándose de su esposa para llegar hasta donde se hallaba mi madre.

—Le dije lo que sabía de Teresa y me dio su tarjeta. Me dijo que estaría interesado en leer mi trabajo cuando lo terminara.

—Ah —dije—. ¿Y... Judy?

—No le estaba prestando atención —respondió—. Algunas mujeres se pierden dentro de sus pensamientos y se les olvida que están con un hombre. Y entonces, el hombre se aleja.

Nos quedamos allí, lado a lado, mirando a santa Teresa. Vi que los dedos de sus pies estaban doblados y tensos. Después de un minuto, Mamá habló, su voz brusca, como si estuviera enojada.

—La gente no cambia, Nina —dijo—. Recuérdalo.

En nuestras visitas a todos los sitios de Roma en los siguientes días —los museos e iglesias, el Vaticano y el Coliseo, la Plaza de España y la Fuente de Trevi, el Panteón y el Campo dei Fiori— no podía más que pensar en Eros y Tánatos, sexo y muerte, una y otra vez, como el sonido de un tambor, como un terrible ajuste de cuentas.

Sangré por tres días y después se acabó y no le dije nada a mi mamá. Me recosté en la tina llena de agua tibia, me imaginé como Teresa, masajeándome con una áspera toalla de mano, fingiendo que era la mano de Dios, hasta que me vine, de manera repentina y feroz, por primera vez. Mi mamá estaba en la habitación contigua y me oyó, oyó el ruido que hice, la inhalación repentina y el chillido agudo.

—¿Nina? —me preguntó—. ¿Estás bien?

Pasaron varios segundos antes de que pudiera responderle.

—Sí —dije—. Estoy bien.

Fingí no escuchar a mi mamá hablando por teléfono con mi papá, fingí no notar sus ojos rojos e hinchados, fingí que no me importaban las noches que me dijo que la cabeza le dolía demasiado para salir.

Pasé esas noches con mi teléfono, aprendiendo todo lo que podía acerca de Eros y Tánatos, empezando con santa Teresa y siguiéndola por el oscuro y retorcido camino al que mi mamá me había guiado.

Leí, una y otra vez, las historias de las mártires, las formas terribles en que morían esas mujeres, escuchándolas en la voz de mi madre, viendo claramente a los hombres que las torturaban y las mataban, a los hombres que contaban sus historias y a los hombres que las convertían en arte, tallando su piel en mármol, pintando ríos de sangre.

Vi imágenes de sus huesos, preservados en cera y colocados sobre altares, transformándolas en reliquias.

Recitaba sus nombres en mi cabeza, los de las vírgenes mártires. Inés de Roma, santa, virgen y mártir. Catalina de Alejandría, santa, cristiana, virgen. Valeria de Limoges, virgen, mártir, santa. Victoria, virgen, mártir, santa. Lucía, mártir, virgen, santa. Petronila, virgen, santa, mártir. Filomena, santa, virgen, mártir. Úrsula, mártirvirgensanta. Cecilia, santamártirvirgen. Difna, mártirsantavirginal. Irene de Tomar, santavirginalmartirizada. Todas vírgenes, todas mártires, todas santas.

Todas torturadas. Todas arruinadas. Todas muertas.

≫⟩ ⟨≪

La mayor parte de las veces comíamos en cafés y restaurantes, y me acostumbré a comer como lo hacía mi mamá. Es decir, con poca frecuencia y no mucho cuando el sol brillaba en el cielo. Comía un pan y un trozo de fruta en el desayuno, con un exprés y un paquete de azúcar de mentiras. Había paquetitos rosas y paquetitos azules, pero su contenido me sabía igual de ponzoñoso.

—El café te regulariza —dijo Mamá, cosa simplemente asquerosa. No quería pensar en ello. Y era algo que jamás hubiera dicho si Papá hubiera estado con nosotras. Era como si hubiera parámetros distintos para nuestras conversaciones, ahora que Papá no estaba aquí. Sexo e ir al baño; jamás hablaba de cosas engorrosas o asquerosas en casa.

Pasábamos las mañanas viendo los sitios importantes y visitando los museos. Siempre que estaban disponibles, yo rentaba los audífonos y escuchaba con gran interés la visita guiada a

108

pie, atendiendo las guías turísticas, leyendo todos los letreros y usando mi teléfono para tomar fotografías que jamás podrían capturar la enormidad de lo que veía.

Mamá se quedaba parada, con una expresión inescrutable, viendo fijamente cosas en las que yo no encontraba significado alguno: el escalón más bajo de la escalinata de un museo, donde el granito se había desgastado por siglos de pies que habían pisado el mismo punto; una paloma coja, una de sus patas terminaba abruptamente en un muñón grisáceo, que brincaba de un lugar a otro pescando las migajas de pan que le arrojaban niños de manos grasientas; la carátula de un reloj descompuesto en el vestíbulo de nuestro hotel donde se leían, perpetuamente, las 11:59.

Mi trabajo era proporcionar conversación, ligereza, el motor de energía que nos impulsaba a través de Roma. Sabía que lo era y hacía mi mejor esfuerzo, aunque ella jamás me lo hizo fácil. Fingía que no notaba cómo desaparecía detrás de sus ojos y me esmeraba por mantener el tono brillante y enérgico, como si pudiera traerla de vuelta al momento presente si lograba ser lo bastante alegre.

A mediodía, Mamá comía una ensalada, por lo regular con aceitunas negras, aceite y vinagre; yo también comía ensalada, aunque le ponía aderezo *ranch* siempre que el restaurante lo tuviera.

Al final de la tarde aparecían las copas de vino que sustituían el vodka *tonic* que Mamá tomaba en casa a diario. Para la hora de la cena ya tenía hambre de verdad y finalmente pedía algo con más sustancia; conchas de pasta rellenas de queso, espagueti con una aromática salsa de carne y una espesa nevada de parmesano, una porción estratificada de lasaña con grandes cantidades de salchicha. Y, siempre, más vino; tinto y oscuro, servido en copas con tallos delgados y que el mesero reponía de una botella en espera antes de que terminara de beberlo.

Una noche, cerca del final de nuestro viaje a Roma, fuimos a cenar al restaurante del vestíbulo de nuestro hotel. Cuando el mesero le sirvió una copa de vino, Mamá le hizo señas para que me sirviera una a mí también. Empezó a hacerlo, inclinando la botella para que un delgado hilo cayera dentro de una copa vacía junto a mi plato. Cuando se detuvo con la copa llena sólo hasta un cuarto, ella le indicó que me sirviera más.

—Tarde o temprano te vas a emborrachar —dijo Mamá—. Mejor que la primera vez sea conmigo.

Jamás había pensado en beber alcohol y, sin embargo, ahí estaba, una copa frente a mí, y allí estaba mi madre, esperando que la bebiera, y yo no tenía objeción moral alguna en cuanto a la idea de emborracharme. Si acaso, me parecía algo tonto que cualquier persona realmente pudiera emborracharse. Tenía la vaga creencia de que era sólo un numerito que armaba la gente, la gente tonta que quería llamar la atención. Después de todo, mi mamá bebía todas las noches y yo jamás la había visto actuar de manera diferente antes, durante o después.

Al principio el vino me supo horrible, pero sabía un poco menos horrible mientras más lo bebía. Para el momento en que llegó nuestra cena —pasta, de nuevo, pero esta vez con camarones al ajillo y trozos de jitomate en una salsa cremosa—, decidí que el vino tinto me agradaba bastante y que beberlo me hacía sentir mayor. Me pregunté si parecería mayor, con la copa tomada por el delicado tallo y bebiendo pequeños sorbos entre bocado y bocado.

En la mesa de junto, una pareja, el hombre mucho mayor que la mujer, sus dedos entrelazados sobre la mesa, me miró y me sonrió; yo les devolví la sonrisa, sintiendo una conexión con ellos, con mi mamá, con el mesero que me había servido y con todo el mundo.

—Te ves feliz —dijo mi madre. Sostenía su propia copa en la mano y el tono del vino se reflejaba en su cara. Se veía, pensé, muy europea.

—Estoy feliz —respondí y bebí lo que me quedaba de vino. Ahora, el mundo vibraba y repentinamente escuché música que no había notado antes y no podía si acababan de ponerla o si había estado sonando todo este tiempo.

—¿Ya estás borracha?

Negué con la cabeza. No estaba borracha; esa no era la palabra exacta. Simplemente estaba, no sé, desenvuelta, de alguna manera. Relajada. Todo se sentía… mejor. El tenedor entre mis dedos se sentía más sólido. Mi madre, sentada frente a mí, con sus mejillas enrojecidas, se veía esperanzada, de alguna forma. Sentí que todo iba a estar bien. La calidez que sentía en el pecho era prueba de ello. La vida era bella.

Mamá tomó otro sorbo de su vino y entonces me pasó su copa. La pareja que nos miraba dejó de sonreír.

Bebí ese vino también, rápidamente, antes de que el mesero regresara y lo viera. Eructé y parte del vino y de la comida regresaron a mi boca. Tragué, repentinamente asqueada, repentinamente segura de que estar borracha era algo verdadero y de que esto era la forma en que se sentía.

—Ahora ya no te ves tan feliz —dijo Mamá.

Pagó la cuenta y se levantó de la mesa. Mis axilas se sentían acaloradas y sudorosas y tuve que sostenerme de la orilla de la mesa para no perder el equilibrio. Cerré los ojos, esperando que eso hiciera que la habitación dejara de dar vueltas, pero fue peor, mucho peor, de modo que los abrí rápidamente y entonces encontré a mi mamá mirándome con la vista fija, evaluándome.

Quería tomar su brazo cuando nos alejamos de la mesa, pero se movió con demasiada rapidez y mi mano atravesó el aire vacío del espacio que acababa de ocupar. Cuando di un paso, uno de mis pies cruzó por encima del otro y tuve que concentrar toda mi atención en abrirme camino por la habitación.

Con voz fuertemente acentuada y llena de desprecio, el hombre de la mesa de junto le dijo a mi mamá:

—¿Qué tipo de madre permite que su hija se emborrache?

Mi madre miró al hombre y después a la chica que estaba junto a él.

—Usted ocúpese de su hija y yo me ocuparé de la mía —respondió.

La seguí fuera del restaurante y por el palaciego vestíbulo y crucé todo el camino hasta el elevador antes de vomitar en un elegante cenicero de pedestal.

De vuelta en nuestra habitación, mi mamá me dio un vaso de agua y me metió en la cama. Toda la noche soñé que caía al vacío, pies sobre cabeza, perdida y dando vueltas, rodeada de mártires.

A la mañana siguiente le pregunté a Mamá a través del retumbar de mi cabeza:

—¿Por qué hiciste que me emborrachara así?

—No sé de qué estás hablando —me respondió—. Ahora, vístete. Tenemos que tomar el tren a Florencia.

≫⊱ ⊰≪

Empezaron a amontonarse a medida que visitamos iglesia tras iglesia, cripta tras cripta, un recorrido de religión y violencia y muerte. Vimos otras cosas, cosas bellas, cosas llenas de vida, pero lo bello era huidizo, se deslizaba a través de mí y escapaba. Las cosas horribles tenían ganchos y garras y dientes, y se volvieron parte de mí. Los cuerpos de las santas vírgenes mártires se dispusieron en fila detrás de mí, siguiéndome en silencio mientras atravesábamos Italia, mientras leía acerca de sus vidas cortas y muertes horribles; Inés detrás de Águeda; Valeria detrás de Catalina, una detrás de otra, detrás de otra, la mirada baja, leves sonrisas sobre sus labios, sus manos entrelazadas como colegialas, todas más o menos de mi edad. No me hablaban, no estiraban las manos para tocarme, y cuando dormía en los hoteles, formaban un semicírculo alrededor de mi cama y esperaban a que despertara, bailando a través de mis inquietos sueños, sangrando de las heridas en sus corazones y en sus cuellos, cargando sus cabezas cercenadas, sus pechos rebanados, sus ojos arrancados.

Me siguieron por toda Italia. Me miraban bañarme y dormir.

Y cuando fuimos al aeropuerto y nos subimos al avión que nos llevaría a casa, formaron una larga hilera sobre la pista y me miraron emprender el vuelo y alejarme de ellas.

De vuelta en casa, tomamos un taxi desde el aeropuerto y el garaje vacío me dijo que Papá no estaba allí para darnos la bienvenida. Pero no era a él a quien yo extrañaba; era a *ellas*, a las santas vírgenes mártires. El espacio del garaje de Papá quedaría vacío dos semanas más. Y después, cuando reapareció su auto junto con él, no se mencionó la ausencia ni se celebró el retorno.

El día que regresamos de Italia, todavía adormilada por el cambio de horario, ayudé a mi mamá a doblar las sábanas salidas de la secadora.

—El amor incondicional no existe —me informó mi madre—. Podría dejar de quererte en cualquier momento.

Pensé en las santas vírgenes mártires. Pensé en los hombres que las habían amado, que las habían asesinado.

Pensé en mi mamá y mi papá, y en mi papá y su primera esposa, Judy. Sus palabras eran una advertencia, un regalo, una bendición.

Y asentí. Le creía.

❦

El lunes, en la escuela, espero en las escaleras de afuera a que aparezca el Acura de Seth en el estacionamiento. Espero y espero hasta que suena la última campana y voy tarde a clase. Finalmente entro, me dirijo al salón y acepto la ceja levantada de la maestra de Química.

Me siento en el pupitre de siempre, pero sé que no soy la misma niña que se sentó allí el viernes.

En la cafetería, Louise se acerca a mí en la fila de la comida, su charola choca contra la mía.

—¿Estás bien? —susurra, demasiado alto—. Oí lo que pasó entre tú y Seth.

¿Cómo pudo haber oído acerca de lo que sucedió? Ni siquiera *yo* sé lo que pasó.

No digo nada. Tomo una manzana y la coloco sobre mi charola.

—Escuché que terminaron el fin de semana —dice, haciendo otro intento.

Me alejo y abandono mi charola sobre los rieles de metal con el apetito desvanecido.

Después del almuerzo, el señor Whitbey nos pregunta cómo van nuestros proyectos. Cada uno de nosotros tiene que elegir un género literario y crear un breve portafolio con trabajos en ese estilo. Tenemos que entregar nuestras propuestas el día de hoy y tengo un párrafo breve en el que dice que me voy a centrar en el realismo mágico, pero nada más.

Hasta ahora he escrito una historia acerca de una niña a la que le salen vaginas en todo el cuerpo, un par de cosas extrañas relacionadas con pollos y huevos, y tengo una creciente colección de narraciones que escribí acerca de las muertes de las santas vírgenes mártires, pero no estoy preparada para compartir nada de eso ni con él ni con nadie.

De modo que entrego mi propuesta demasiado corta y le digo que todavía estoy tratando de trabajarla, cosa que le hace apretar los labios y sacudir la cabeza.

—Aprieta el paso, Nina —me dice, golpeando sus nudillos contra mi pupitre.

Las manos del señor Whitbey, decido, son exactamente dos tallas demasiado pequeñas para el resto de su cuerpo.

CUANDO EL HUEVO FINALMENTE ECLOSIONÓ, NO FUE EL RESQUEBRA-jar del cascarón lo que resultó sorprendente, sino más bien lo que emergió de él.

Cuando nacen, todos los polluelos son feos. Sus plumas, delgadas y empapadas, se pegan a sus cuerpos. Sus extrañas y escamosas piernas son débiles e inútiles. Sus picos parecen demasiado grandes para sus cabezas y sus alas no son más que horripilantes muñones.

Pero, al cabo de algunas horas, sus plumas se secan y se esponjan para ocultar su delgada piel venosa y su horripilante cráneo. La transformación es tan veloz que empiezas a perdonarlos por cómo se veían al principio.

Pero el polluelo de este huevo era distinto. Donde debía haber alas, había manos. Pequeños deditos, cada uno rematado por una pequeña garra de ave. Las manos palmoteaban a los lados de la pollita recién nacida y los dedos tamborileaban contra las mojadas plumas de su cuerpo distendido.

Entre las piernas escamosas de reptil de la pequeña ave colgaba una abultada esfera anaranjada; el saco vitelino se había absorbido mal. Latía como corazón, como amenaza, como promesa.

Y el granjero, al revisar su parvada recién eclosionada, tomó el monstruoso polluelo de inmediato, pescó su espantosa cabeza entre su índice y su pulgar, y antes de que la pollita pudiera piar su protesta, aplastó la pequeña cabeza con la facilidad con que se rompe un huevo.

La vida continúa, aunque me hayan sacado el corazón del pecho. El martes voy al refugio, donde la desesperanza y la desesperación familiares son extrañamente reconfortantes porque existen fuera de mi cuerpo. Bekah levanta la barbilla para saludarme. Sus ojos quedan fijos en su teléfono.

—Ni-na —me dice Stanley desde su banca afuera de las jaulas de la perrera—. Regresaste.

—Estuve aquí la semana pasada —le digo, algo cortante, supongo, porque su expresión se congela como si acabara de abofetearlo. Lo intento de nuevo—: Hola, Stanley. Qué bueno verte.

Sonríe, mi brusquedad queda olvidada al instante, perdonada por completo.

—Te extrañé —me dice.

—Y yo a ti —respondo, aunque no pensé ni un segundo en Stanley ni en Bekah ni en Ruth ni tampoco en los perros desde que estuve aquí el jueves pasado.

Tomo tres correas y me aproximo a los chihuahuas. Pero sólo están Ginger y uno de los pequeños machos negros.

—Oye —le pregunto a Stanley—, ¿dónde está el otro perrito negro?

—Lo adoptaron —responde Stanley con una enorme sonrisa en su cara—. Una familia se lo llevó a su hogar eterno.

Les pongo las correas a Ginger y al chihuahua negro que queda. Es el más feo, el que tiene mancha áspera de pelo gris al tope de la cabeza y la cola torcida.

Pero, de todos modos, uno de ellos logró salir. Por primera vez desde que Seth me dejó frente a mi casa el sábado por la tarde, me siento un poco feliz.

≫ ≪

Al día siguiente, Seth está de vuelta en la escuela. Para cuando llego al estacionamiento, el cofre de su Acura está frío. La impresión de mi mano sobre el metal negro desaparece casi tan pronto como la levanto.

¿Será una especie de metáfora para el efecto que tuve sobre Seth? ¿Mi marca en él habrá desaparecido con la misma rapidez que la huella de mi mano?

≫ ≪

Viene el día de Acción de Gracias. No me siento agradecida y, después de consumir una porción de la enorme cena que prepara Mamá, mis padres y yo desaparecemos en habitaciones separadas, igual que siempre.

Hay muchas cosas por las que no me siento agradecida. La primerísima en mi lista es que no me ha bajado. Me terminé la primera caja de píldoras, de modo que ya debió haber empezado. Jamás me he saltado una regla. Ni siquiera he tenido un solo retraso.

Sé que estoy embarazada antes de que aparezca la segunda línea de la prueba que compré en la tienda la mañana del día de Acción de Gracias, cuando mi mamá me pidió a comprar más mantequilla. No me siento embarazada y no me veo embarazada, pero sé que lo estoy.

Sin embargo, cuando la segunda raya rosa se oscurece paralela a la primera, me le quedo viendo como si no pudiera ser verdad. ¿Cómo es posible?

Me tomé todas las pastillas.

Bueno. Sí me las tomé todas, pero al principio me costó algo de trabajo adaptarme a la rutina, de modo que, cuando se me olvidó una la primera semana, tomé dos al día siguiente, y cuando se me olvidó un día y medio más adelante, hice lo posible por ponerme al corriente.

Pero tomé todas las demás justo cuando debía. Después del desayuno, de camino a la escuela. Una vez que me di cuenta de que tenía que llevarlas en el bolso y tomar una cada mañana mientras manejaba a la escuela, ya no me salté ninguna.

Pero allí está la segunda línea rosa.

En la clínica, el día después de Acción de Gracias, veo a la misma enfermera especializada. Me hace realizar otra prueba de embarazo y, aunque la primera que hice en casa fue indudablemente positiva, me encuentro casi rezando por que de alguna manera haya estado defectuosa. Pero no hay tal; aunque la segunda línea rosa de esta prueba aparece para formar una cruz en lugar de ser paralela a la primera, como la prueba que compré en la tienda, es inequívocamente positiva.

—Lo lamento —digo, mi voz se quiebra, los ojos me arden. Estoy sentada al extremo de la misma mesa de exploración, los estribos están abiertos a mis costados, y aunque esta vez estoy vestida, me siento igual de expuesta que la primera vez.

Pone su mano sobre mi hombro.

—Cielo —me dice, y al sentir su mano y el tono de amabilidad en su voz, me desmorono.

Lloro hasta que me atraganto y ella me deja llorar, tomándome entre sus brazos y meciéndome como si fuera un bebé, consolándome, acariciando mi cabello y lloro y lloro.

Me siento como el fracaso más gigante del mundo. Me siento como una reverenda idiota. Me siento estúpida y fea y despreciable y tan, pero tan avergonzada.

—A veces pasa —me dice, cuando finalmente dejo de llorar—. A veces pasa. Ahora vamos a ver cuánto tiempo llevas para que hablemos de tus opciones.

Tiene que hacerme un ultrasonido para determinar el tiempo que llevo embarazada. En los programas de televisión y en las películas, esto simplemente implica que el médico pase un dispositivo por el vientre de la paciente, pero la enfermera especializada me dice que mi embarazo no está lo bastante avanzado para verlo así y que tenemos que hacer un ultrasonido transvaginal. De modo que tengo que quitarme los pantalones y la ropa interior —aunque esta vez me quedo con el suéter puesto— y me acuesto sobre la mesa cubierta de papel. Toma un dispositivo raro en forma de pene y le pone un condón y después, en la punta, le pone un gel transparente de una botella que parece dispensador de mostaza.

—Relájate —me dice, y hago el intento, pero un relámpago de mi cerebro me hace volver a ver el vibrador de Seth, otro dispositivo con cordón, otra punta flexible.

Junto a mi cabeza hay un monitor como de computadora.

—No tienes que verlo si no quieres —me dice. Pero sí veo.

Es una pantalla negra con líneas azules y, a medida que mueve la sonda dentro de mi vagina, veo dentro de mí, mi útero, supongo, algo a lo que en realidad jamás le he dado ni la más mínima consideración.

—Allí está el embrión —me dice, y con la otra mano escribe algo en el tablero adjunto a la pantalla. Algunos números aparecen al lado de la imagen.

—Llevas como cinco semanas de gestación —dice y retira la sonda, le quita el condón y la guarda. Me da algunas toallas de papel para que me limpie entre las piernas. Me incorporo en la mesa.

—Eso es imposible —digo—. Sólo me he saltado una regla. ¿Cómo puedo tener más de un mes de embarazo?

—El embarazo se cuenta desde el primer día de tu regla anterior —me explica—. El embrión sólo se ha estado desarrollando por tres semanas, pero también se cuentan las dos semanas anteriores.

Me parece una estupidez contarlo así, pero, total…

—Entonces sólo lleva tres semanas de crecimiento —digo.

—Así es.

Y después me lleva a una habitación con una orientadora para hablar de mis opciones.

Las tengo. Puedo seguir con el embarazo. Puedo hacerme un aborto.

—No quiero tener un bebé —digo. Ya lloré lo que tenía que llorar y sé la respuesta a esta pregunta de manera absoluta. Lo sé con más certeza que cualquier pregunta a la que haya respondido en toda mi vida entera.

—Está bien —dice la orientadora—. Como estamos en California, no estás obligada a obtener el permiso de tus padres para seguir adelante, pero sí te recomendamos que consideres tener a alguien contigo. No es buena idea procesar todos estos sentimientos tú sola. ¿Hay alguien seguro con quien puedas hablar?

Pienso en Louise y cómo ya sabía que Seth y yo habíamos terminado, aunque él jamás dijo las palabras. Pienso en mi mamá y en todas las veces que guardó su vaso de cristal y en todos los bebés que quiso pero que no pudo tener.

—Tengo a alguien —digo, aunque la persona que me viene a la mente me sorprende.

La orientadora, Angie, me indica mis opciones para abortar, cosa que es noticia para mí, que haya opciones. He visto películas y tengo la idea de que voy a tener que poner los pies en aquellos horribles estribos y que la enfermera especializada me abrirá de piernas para rasparme por dentro.

—A estas alturas del embarazo —me dice Angie—, puedes elegir entre un aborto clínico o un aborto médico.

He estado mirando el pez anaranjado que tiene tatuado en el antebrazo, contando sus escamas, pero ante esto levanto la mirada.

—¿Cuál es la diferencia?

—Un aborto clínico requiere que se inserte un espéculo en tu vagina, se te inyectan medicamentos anestésicos y se dilata el cuello de tu útero. Después, la enfermera especializada inserta un tubo por el cuello de tu útero hasta la matriz. Se utiliza un dispositivo de succión para vaciar la matriz. El procedimiento, en su totalidad, se lleva entre cinco y diez minutos.

—¿Cuál es la otra opción?

—Un aborto médico. Esto implica tomar dos medicamentos; uno aquí en la clínica, que se llama mifepristona, y otro en casa, misoprostol, veinticuatro horas después. El aborto comienza después de que tomas la primera píldora. La mifepristona bloquea la hormona progesterona, que tu cuerpo produce para promover el embarazo. El misoprostol hace que la matriz se vacíe.

—Quiero ese —digo.

—¿El aborto médico?

Asiento.

—Está bien —dice. Saca un folleto de su escritorio y me lo entrega. Por supuesto, se trata de abortos—. Es normal que sientas calor después de tomar la primera pastilla. Y te recomendamos ampliamente que tengas a alguien que te sirva de apoyo durante algunas horas después de tomar el segundo medicamento. Puedes experimentar cólicos y pueden ser muy intensos. En el caso de algunas mujeres, pueden ser sumamente dolorosos. Las mujeres que han tenido abortos espontáneos dicen que se asemeja a esto. Quizá también tengas náuseas y diarrea.

—¿Cuánto voy a sangrar?

—Eso varía de mujer a mujer —contesta Angie—. Algunas mujeres tienen un sangrado intenso y arrojan grandes coágulos y porciones de tejido, pero otras informan que el sangrado es aproximadamente igual al del día más intenso de su menstruación.

Mis periodos siempre han sido leves y cortos, sin cólicos realmente dolorosos ni nada por el estilo. Me pregunto si eso significa que mi aborto también será sencillo. *Mi aborto.* Dos palabras que jamás pensé juntas en una misma idea.

Ojeo el folleto. Hay fotografías de mujeres consultando a otras que visten batas de médico. Hay una mujer blanca, una negra y una latina. Aborto igualitario.

—La mayoría de las mujeres aborta al cabo de cuatro o cinco horas después de tomar el segundo medicamento —prosigue Angie—. Pero en el caso de algunas mujeres, puede llevarse más tiempo, incluso algunos días. Y es importante que no utilices tampones sino hasta tu siguiente menstruación y que evites tener relaciones sexuales durante al menos una semana.

Brota de mí una sola carcajada, como un rápido e infeliz ladrido.

—Eso no va a ser problema —digo. Después levanto la vista.

La cara de Angie es amable. No está sonriendo ni frunciendo el ceño; sus manos morenas descansan sobre el escritorio una junto a la otra, planas y en calma. Su corto cabello oscuro se arquea sobre su rostro en una especie de ola. Sus ojos también son oscuros y me miran directamente.

—¿Tienes alguna pregunta?

—No —le respondo, y después, casi de inmediato—: ¿Alguna vez has tenido un aborto?

Dios. Ese no es el tipo de pregunta que le haces a alguien. Pero Angie no se ve ofendida.

—Sí —me contesta—. En realidad no debería hablar de mis propias experiencias, pero sí. Dos veces. Una vez el tipo que vas a elegir tú, con la píldora del aborto, y otra antes de eso, del tipo quirúrgico.

No le pregunto por qué, pero Angie sonríe como si supiera que me lo estoy preguntando.

—La primera vez era un poco más joven de lo que eres tú. Mi novio y yo éramos sexualmente activos, pero el condón que usamos se rompió. Debí haber venido a un sitio como este para que me dieran la píldora del día siguiente, pero ni siquiera sabía que existía. Para cuando tuve el valor de reconocer que la regla jamás me iba a llegar, llevaba trece semanas de embarazo. Demasiado tarde para la píldora del aborto. La segunda ocasión fue el año pasado.

—Ah —digo. Y luego—: ¿Te arrepentiste? ¿Te arrepientes? Angie sacude la cabeza.

—No creo en Dios —dice—, pero si lo hiciera, le daría las gracias diariamente por mis dos abortos.

Firmo algunos papeles, pago con mi tarjeta de crédito y pienso que en definitiva esto no era lo que planeaba hacer con mi dinero de cumpleaños, pero ya qué más da. Me pregunto qué es lo que sucede con las niñas que no tienen seiscientos cincuenta y nueve dólares de los que puedan disponer con esta facilidad.

Después Angie me acompaña de regreso a la sala de exploración y me abraza. Su piel huele a vainilla.

La enfermera especializada vuelve a entrar. Abre un paquete y saca una sola píldora blanca, de aspecto tan inocente como una aspirina, y la pone en un pequeño vasito de plástico. Llena otro vaso con agua.

—Necesitas regresar la próxima semana para que te hagamos un ultrasonido de seguimiento —me dice, antes de darme la pastilla—. Es muy importante. Necesitamos estar seguros de que tu útero haya expulsado todo. De lo contrario, hay riesgo de infección. ¿De acuerdo? —Su rostro es muy serio. Esto es importante.

—De acuerdo.

Asiente.

—La segunda pastilla está aquí —dice. Toma una pequeña bolsita de farmacia y me la entrega.

—En veinticuatro horas debes tomar este medicamento. Pero no debes tragarlo. Allí hay cuatro pequeñas tabletas de misoprostol. Debes colocarlas en tu boca, entre tu labio inferior y la encía, y tenerlas allí hasta que se disuelvan; tardan como media hora. ¿De acuerdo?

—De acuerdo —vuelvo a decir.

—También hay otras indicaciones aquí, para ayudarte con las náuseas que probablemente experimentes mañana, y te recomiendo que tomes alguna pastilla para cólicos en caso de que tengas dolor.

Asiento.

—¿Hay algo más que tenga que hacer?

—Eso es todo. El aborto empieza después de que tomes esta píldora. El embarazo no puede continuar sin que la progesterona lo sustente. Si lo deseas, tómate algunos minutos a solas antes de tomarte la pastilla. Después, antes de irte, haz tu cita de seguimiento en la recepción.

No necesito algunos minutos. Tomo el vaso que tiene la píldora, lo inclino hacia mi boca y tomo el agua para tragármela.

Me limpio la boca con un pañuelo que saco de una caja que está sobre un mueble.

—Gracias —digo.

⁂

Me detengo en una farmacia de camino a casa para comprar toallas femeninas superabsorbentes y una caja de pastillas para cólicos. Ya que estoy allí, compro unas galletas con chispas de chocolate y algunas bolsas de palomitas de microondas. Antes de manejar a casa, le mando un mensaje de texto a Bekah: «Oye stas ocupada mañana?». Me responde casi de inmediato: «No, q onda?».

Se siente de lo más raro estar mensajeando acerca de un aborto. De modo que le hablo.

—Hola —dice.

—Hola.

Casi me duele pronunciar las palabras.

—Resulta que estoy embarazada y tomé unas pastillas para dejar de estarlo y el doctor me dijo que no debería estar sola.

Pero las digo y siento ese destello de temor de que me odiará o me juzgará o de que me preguntará cómo pude haber sido tan estúpida para embarazarme.

Bekah no dice ninguna de esas cosas.

—¡Será como una pijamada! —Su voz se oye irónicamente alegre.

—Ya compré algunas cosas para comer.

—Yo llevo el barniz de uñas —dice, de manera sincera o burlona, no tengo la más mínima idea.

Sea como sea, para mí es perfecto. Simplemente me da gusto que venga.

⤜ ⤛

Resulta que es el fin de semana perfecto para tener un aborto porque mis papás deciden hacer un viaje por la costa por un par de noches, algo que hacen de vez en cuando. Solían contratar a la señora de la limpieza para que se quedara a dormir en la casa, pero ahora que puedo manejar, sólo me dicen que me porte bien, que tenga cargado el teléfono y que lo conteste en caso de que hablen. Ponen dos billetes de veinte dólares en la barra de la cocina, que no necesito gastar porque Mamá ya llenó el refrigerador y porque, además, todavía quedan sobras de la cena de Acción de Gracias.

Se van.

Le envío un mensaje a Bekah; me dice que ya está en camino.

Parte de mi cerebro quiere pensar en Seth y en cómo todavía no hemos hablado y todo lo que siento respecto de eso, pero guardo todo ese desastre en un rincón de mi mente. Una cosa a la vez.

Hay una escritora que escribe acerca de escribir. Dice que cuando su hermano era apenas un niño, tenía que hacer un proyecto de aves para la escuela. Tenía que dibujar un montón de aves diferentes y escribir una descripción de cada una. La idea era que el proyecto durara todo el semestre, pero en lugar de eso esperó hasta el último minuto y, la noche anterior a la entrega, empezó a volverse loco porque no había manera de que pudiera completarlo a tiempo. Entonces su papá, con calma y amabilidad, le dijo al hermano que lo tomara ave por ave. Una cosa a la vez.

—Ave por ave —digo, y saco las cuatro pastillas de sus empaques de plástico individuales y las coloco en el espacio entre mi labio y mi encía y las imagino como cuatro huevitos diminutos.

AL PRINCIPIO, CUANDO EMPEZÓ A SENTIR NÁUSEAS, PENSÓ QUE ERA algo que había comido. No se le ocurrió pensar que quizá era algo que había hecho, por lo menos no hasta que se sintió tan asqueada que no hubo manera de retenerlo, de detenerlo, de contenerlo.

No fue vómito. Tuvo arcadas violentas, sintió que se atragantaba y después la expulsó. Se veía viscosa por la saliva, pero su centro era sólido. Y, tan pronto como subió por su garganta hasta su boca para después caer sobre la colcha color amarillo pastel que estaba sobre su cama, se sintió mucho mejor.

Tenía forma de pelota, era como del tamaño de un huevo y estaba conformada por una masa de plumas y pelo. Al principio la examinó con un bolígrafo, asombrada de que hubiera podido producir algo así. ¿Era posible que esto hubiera crecido en su interior? Después soltó el bolígrafo y empezó a desmenuzar la cosa con sus uñas, sus dedos, sus manos.

El pelo era suyo, eso resultaba evidente; era castaño oscuro, casi negro, y largo, enredado en un nudo imposible. En él se entretejían las plumas; plumas blancas, cafés, pequeñas, grandes. Las tomó y las desenredó del nudo de cabello para colocarlas en una fila, lado a lado, sobre la colcha amarilla.

Y después aparecieron los huesos —huesos pequeñísimos, como los huesos dentro de una muñeca Barbie si la muñeca estuviera hecha de materia humana— y, lo más extraño de todo, un cráneo pequeñísimo, con agujeros para los ojos y un hoyo donde podría ir la nariz.

Y dientes: incisivos, molares, caninos. Algunos blancos y brillantes, otros manchados de amarillo como por el tiempo y el uso.

Desenredó los dientes y los colocó debajo de los huesos que había puesto debajo de las plumas que había sacado de la bola que se había desprendido de algún sitio muy adentro de ella.

La vista de esto, de todo ello, la fascinaba y la repelía, ambas exactamente a un mismo tiempo y al mismo grado.

Y cuando terminó de examinar todas las partes separadas, volvió a meter los dientes y los huesos y las plumas dentro de la masa enredada de cabello y lo puso todo bajo su almohada y colocó su cabeza sobre ella y jaló la colcha hasta su barbilla y cerró los ojos y durmió.

C asi en cuanto coloco las pastillas dentro de mi boca, empiezo a sentir náuseas, incluso a pesar de que ya tomé la medicina para evitarlas. No sé si me siento así porque de verdad siento náuseas o si es por todo lo que está pasando. Las pastillas son amargas, terriblemente amargas, pero me obligo a dejar que se desintegren. Se convierten en una masa arenosa contra mis encías.

Bekah llega antes de que se disuelvan por completo.

—Todavía no puedo hablar, pero pasa —mascullo.

Tiene una nueva perforación en la ceja, está de lo más tranquila y trae consigo dos bolsas de tela que lleva directamente a la cocina.

—Qué bonita casa —dice, colocando las bolsas sobre la barra.

Bekah vive en Santa Ana, cerca del refugio. Jamás he ido a su casa y, por cierto, ni siquiera creo que tenga auto. Llega al refugio en bici.

Cuando las píldoras se disuelven el tiempo que puedo tolerar que lo hagan, bebo algo de agua y le doy vueltas en la boca antes de tragar para tratar de quitarme el sabor.

Listo. Está hecho.

—Gracias por venir —le digo—. ¿Cómo llegaste, por cierto?

—Tomé el autobús —responde—. Tuve que transbordar y caminar como dos kilómetros después del segundo autobús, pero no fue gran cosa. Sólo me tardé como hora y media.

—Pude haber pasado por ti.

Dios. Soy una perra.

—No me molesta tomar el autobús —dice, encogiéndose de hombros—. Simplemente tienes que planear el día de acuerdo con los horarios.

Está descargando las bolsas sobre la barra. Hay latas de caldo de pollo y mezcla de sopa de tallarines de Lipton y lleva una cebolla y un montón de zanahorias y algo de apio y una caja que dice «Mezcla para bolas de matzá».

—Tienes huevos y aceite vegetal, ¿verdad?

Asiento.

—Perfecto. Eso pensé.

—¿Vas a cocinar?

—Te voy a hacer la sopa de pollo de mi Abu. —Cuando termina de sacar todo, va al fregadero y se lava las manos—. ¿No tienes que estar acostada o algo?

Sacudo la cabeza.

—Entonces vete a sentar a la mesa —me dice—. Me estás poniendo nerviosa, parada allí, viéndome.

—¿Te puedo ayudar?

—Nop.

Me siento a la mesa, cosa que, de hecho, parece excelente idea tan pronto como lo hago. Empiezo a tener más náuseas y me pregunto qué pasa si vomito. ¿Tengo que ir a la clínica por más pastillas?

Bekah abre y cierra un montón de puertas y saca un tazón, el aceite, una tabla para picar y un cuchillo. Después saca los huevos del refri y un tenedor del cajón de los cubiertos. También saca lo que queda del pavo y lo pone a un lado.

Rompe dos huevos en el tazón y les vierte un chorro de aceite, sin medirlo. La vista de las yemas babosas y líquidas me hace cerrar los ojos y respirar profundo. Me recuerda las historias que he estado escribiendo acerca de pollos y huevos, y también me recuerda mis propias entrañas y lo que está sucediendo dentro de mi cuerpo en este instante.

Cuando vuelvo a abrir los ojos, Bekah está batiendo los huevos y el aceite con un tenedor. Después abre la caja de mezcla para bolas de matzá, saca una bolsa de papel blanco, de manera experta le da golpecitos sobre la superficie del mueble de la cocina y la abre. Vierte el contenido dentro del tazón con huevo y aceite y lo mezcla todo de nuevo. Cuando termina, mete el tazón al refri.

Después saca dos ollas de debajo de la estufa. Llena una de agua, la tapa y la pone a calentar, y después vierte un poco de aceite en la otra y la pone a fuego lento. Lava las verduras en el fregadero, les sacude el exceso de agua y después toma el cuchillo y empieza a picarlas; pela y pica la cebolla primero, después las zanahorias y después el apio. Agrega cada verdura al aceite ahora caliente y le da vuelta a todo con una cuchara de madera que toma de un bote que está junto a la estufa.

La cocina se llena del aroma y el sonido de las verduras que están salteándose. Me quedo muy quieta y miro a Bekah cocinar. Cuando las verduras están suaves, abre las latas de caldo de pollo y las agrega. El caldo chisporrotea al tocar el fondo de la olla. Después pone el pavo sobre su tabla de picar y arremete contra él con su cuchillo, cortando la carne en cubos pequeños que añade a la sopa.

—Cuando era niña, mi Abu me hacía sopa de bolas de matzá cada vez que me enfermaba —dice Bekah—. Iba a la casa con bolsas iguales a estas, llenas de todos los ingredientes, y yo podía oler la sopa todo el camino hasta mi cama. Siempre me hacía sentir mejor, incluso antes de probarla.

El agua está hirviendo. Bekah se dirige al refrigerador y saca el tazón con la mezcla para bolas de matzá. Destapa la olla de agua y toma una pequeña porción de la mezcla espesa del tazón. La sostiene entre sus manos y le da vueltas, hasta que se forma una pelotita que deja caer al agua hirviente. Hace esto una y otra vez, hasta que en el tazón no queda nada de la mezcla. Después le vuelve a poner la tapa a la olla y reduce la flama a fuego lento.

—Veinte minutos —me dice, y vierte los sobres de mezcla de sopa de tallarines Lipton dentro de la otra olla junto con las verduras, los trozos de pavo y el caldo de pollo—. Después pongo las bolas de matzá dentro del resto de la sopa para que podamos comer.

Cuando cortó el pavo, Bekah sacó el hueso de los deseos; ahora lo lleva hasta la mesa donde estoy sentada.

—Pide un deseo —dice y lo extiende hacia mí.

Los dos extremos del hueso se abren como un par de piernas. Tomo uno de ellos y Bekah sostiene el otro. Cierro los ojos. Pido un deseo y jalo. El hueso está suave, todavía no está listo para deseos. Debió haber pasado unos días secándose. Se tuerce mientras lo jalamos y pienso que jamás se romperá hasta que, con un ruido silencioso, se fragmenta y se rompe. Abro los ojos. Bekah tiene un fragmento de hueso entre los dedos; el resto del hueso está entre los míos.

—Tú ganas.

Le doy vueltas al hueso. La orilla del fragmento roto está afilada. Podría ser el hueso del dedo de un santo muerto hace siglos.

Mi estómago da un vuelco y se tensa, una ola de cólicos hace que me doble y repentinamente tengo que ir al baño con mucha, pero mucha urgencia.

—Voy arriba —le digo a Bekah, dejando el hueso sobre la mesa—. Come lo que quieras o ve tele o algo.

No quiero ser grosera, pero la realidad es que llegar al baño a tiempo no parece nada seguro, así que corro por las escaleras y por el pasillo desabotonándome los pantalones en el camino.

Ya sentada en el escusado, siento cómo se vacían mis intestinos; las piernas me tiemblan y tengo que jalar dos veces antes de sentir que estoy lista para limpiarme. Cuando finalmente lo hago, hay algo rojo sobre el papel de baño.

Abro la regadera, me quito la ropa y me quedo parada con los ojos cerrados bajo el chorro caliente de agua durante un largo, largo tiempo.

Para cuando salgo, los cólicos se sienten como un caso grave de disentería. Me envuelvo en una toalla y vuelvo a sentarme en el escusado. Mi cabello mojado riega un semicírculo de gotas de agua sobre el piso de mosaico a mi alrededor.

Bekah toca a la puerta.

—¿Nina? ¿Estás bien? ¿Necesitas algo?

—No —digo rápidamente; no quiero que Bekah entre. En mi premura olvidé cerrar la puerta con llave.

No dice nada por un momento, pero puedo sentirla allí.

—Nina, por favor. Déjame ayudarte.

Siento que me brotan lágrimas y no sé por qué.

—Está bien.

Le digo dónde puede encontrar las toallas superabsorbentes y le pido que busque, en el cajón superior de mi cómoda, las pantaletas más grandes que pueda encontrar. También le pido que me traiga mi bata, que está colgada detrás de la puerta del clóset.

Regresa al baño unos minutos después con todas las cosas que le pedí. Abrió una de las bolsas de toallas femeninas y adhirió una al puente de las pantaletas, que me entrega mientras sigo sentada en la taza del baño.

Me la pongo y jalo el escusado. Después, cuando me levanto, me pasa mi bata. Me la pongo, ato el cinturón y dejo que la toalla caiga al piso.

—¿Quieres acostarte?

Sacudo la cabeza.

—No estoy enferma.

Bajamos y Bekah sirve dos platones de sopa. Me siento frente al mío y respiro el vapor que emana de él.

Bekah se sienta frente a mí. Toma una porción de una de sus bolas de matzá con la cuchara y le sopla antes de ponerla en su boca.

Hago lo mismo. La bola de matzá no me da la impresión de que vaya a saber del todo bien; es una esfera blancuzca, dispareja, gorda y llena de hoyos. Pero ha absorbido el caldo de pollo como lo haría una esponja y está caliente y suave y sabrosa y saladita y me llena.

Me como todo lo del tazón.

—¿Tu abuela es judía? —le pregunto.

—Ajá. Todos lo somos.

—¿Son muy religiosos?

—Más o menos —dice Bekah—. Mis abuelos paternos son judíos de Hungría, pero no son ortodoxos ni nada; por lo menos desde hace mucho tiempo. La familia de mi mamá está llena de desquiciados cristianos de ultraderecha. Se pusieron megafuriosos cuando mi mamá se casó con mi papá y se convirtió al judaísmo. Dijeron que jamás funcionaría.

—Y tus papás les demostraron lo contrario…

Bekah resopla.

—Para nada. Ya estaban separados para cuando cumplí los cuatro años y mi mamá tenía ocho meses de embarazo de mi hermanita. No siguió casada, pero siguió siendo judía.

—Ah —digo—. ¿Por qué se separaron?

—Ya sabes —me responde—. Por todas las razones por las que la gente se separa. Peleaban constantemente. Mi papá bebía demasiado. Probablemente se engañaban.

¿Esas son las razones por las que la gente se separa? Pienso en Seth y en mí. No nos peleamos. Ninguno de los dos bebía, más que ocasionalmente en las fiestas. Jamás había engañado a Seth. ¿Me había mentido él a mí? Lo habría perdonado, incluso si lo hubiera hecho.

Siento un río de calor entre mis piernas, una oleada de sangre. Se me ocurre que quizá esta sea una mentira por omisión, el que no le haya dicho del aborto, pero no me arrepiento.

Me levanto para lidiar con la sangre y siento que sale más.

—Eh… —dice Bekah, mirando la silla donde yo estaba sentada.

Está manchada.

—Dios mío, ¡lo lamento! —digo y tomo el rollo de toallas de papel del mueble de la cocina.

—No te preocupes —dice Bekah—. Yo me ocupo.

—No, lo hago yo —le digo—. No quiero que tengas que limpiar mi desastre.

—Estoy aquí para ayudarte, ¿lo recuerdas? —Bekah toma el rollo de toallas de papel con gentileza.

Vuelvo a subir al baño. Esta vez me acuerdo de cerrar la puerta con llave.

Me desnudo, arrojo la bata en el lavabo y dejo que caiga agua fría sobre la parte posterior, donde la sangre la ha penetrado. Tiro las pantaletas y la toalla femenina juntas en el bote de basura. Me siento en el escusado y tengo cólicos y sangro; sangre líquida y coágulos, algo que podría ser tejido.

Lleno la tina. Me deslizo en el interior y observo mientras largos hilos de sangre recorren el agua. La sangre es terrible. La sangre es bella. Cierro los ojos. La temperatura del agua es exactamente la misma que la de mi piel, que la de mi sangre. No puedo distinguir entre lo que está dentro y lo que está afuera. Floto.

≫ ≪

Bekah se queda conmigo todo el día. Para cuando cae la noche, el sangrado se ha reducido al flujo normal de mi regla. Bekah hace palomitas y nos metemos en la cama y empezamos a ver un drama romántico del siglo XIX, pero es aburrido y deprimente, así que buscamos algo gracioso.

De todos modos, en realidad no estamos viendo nada. Nos comemos las palomitas. La gata de Mamá entra y salta sobre la cama. Ronronea con fuerza, su ronroneo de súplica.

—Le gustan las palomitas —digo, y Bekah le arroja una.

—¿Cómo se llama?

—Hannah.

—Hola, Hannah —dice Bekah, frotando los dedos. La gata se le acerca y restriega su cabeza contra la mano de Bekah—. Es una gata muy bonita.

Hannah es una enorme gata atigrada con bigotes blancos y una cola totalmente esponjada.

—La tenemos desde hace dos años —le digo a Bekah—. Mi papá siempre había dicho que no quería animales, es alérgico, pero el verano antes de que empezara la preparatoria él y Mamá tuvieron algunos problemas, creo, y ella y yo nos fuimos a Italia algunas semanas. De hecho, se suponía que sería su viaje de aniversario. Dos semanas después de que regresamos, Papá volvió a casa y trajo a Hannah con él. Como regalo de disculpa, me imagino.

—¿Cuál crees que haya sido el problema que tuvieron?

Me encojo de hombros mientras acaricio el lomo de Hannah. Pero se presenta una imagen repentina en mi cabeza, como fotografía, de la pareja que estaba sentada junto a nosotros en el restaurante la noche que me emborraché en Italia. El hombre mucho mayor. La mujer más joven. Mi papá con Judy y, después, con mi mamá.

Le subo el volumen a la película. Nos acomodamos contra las almohadas. Hannah da vueltas y se acurruca en el regazo de Bekah, su cola envuelta a su alrededor como bufanda.

※ ※

El lunes tengo que regresar a la escuela. No puedo usar un tampón, así que traigo puesta una toalla superabsorbente, pero el sangrado es mucho más ligero para ese momento y ya no tengo cólicos.

En la mañana, Bekah me mandó un mensaje para ver cómo seguía.

«Mejor. Gracias». Escribo *gracias* en lugar de *grax* porque quiero que sepa que lo digo de corazón y ella me entiende porque me responde: «No tienes que agradecer».

※ ※

En el estacionamiento veo el auto de Seth. Y veo a Apollonia Corado, parada en mi sitio del universo: justo frente a Seth, recargada contra la cajuela del auto, los brazos de él alrededor de su cintura, la barbilla de ella inclinada hacia él, su cabello en dos trenzas que cuelgan por su espalda como dos serpientes negras.

No me sorprende en lo absoluto. Estaciono mi auto lo más humanamente lejos posible del Acura de Seth y me dirijo a clase.

El fin de semana alguien quitó todos los adornos del Día de Acción de Gracias y pintó nieve falsa en las esquinas de las ventanas. Hay árboles de cartulina en cada puerta. Siento que mientras camino a través del atestado pasillo la multitud se abre frente a mí. Siento que todo el mundo me mira y me pregunto, con una sensación horripilante, si manché de sangre mis pantalones de mezclilla, si esa es la razón por la que susurran y me miran.

Pero entonces recuerdo el estacionamiento y a Seth y Apollonia y entiendo de lo que se trata. ¿Quieren verme llorar? ¿Quieren verme temblar de furia? ¿Qué quieren de mí?

¿Qué es lo que quieren?

Entonces, una vocecita que no ha eclosionado y que está oculta muy adentro de mi cerebro, suspira una pregunta distinta: ¿qué es lo que *yo* quiero?

⁂

Mi cita de seguimiento en la Clínica de Planeación Familiar es el miércoles. Mis papás regresaron a casa desde el lunes por la noche y, por alguna razón, Mamá ha decidido que tenemos que pasar más tiempo juntos como familia, cosa que se le ocurre de vez en vez, y normalmente no hay problema, excepto que esta es una pésima semana para que decida meterse en mis asuntos. Le digo que tengo que ir a la biblioteca para trabajar en mi proyecto de Literatura y que no regresaré sino hasta después de la hora de la cena.

—Pero ¿tienes que ir *hoy*? —me pregunta—. Hoy a la biblioteca, ayer al refugio y, aparte, tienes que volver mañana. Siento como si jamás te viéramos. ¿Qué, no has terminado de pagar tu deuda con la sociedad?

Rara vez menciona el hecho de que mi trabajo en el refugio es el castigo que acepté en lugar de que me suspendieran después de lo que sucedió el año pasado. Y no me tomo la molestia de decirle que, de hecho, pude haber dejado de ir al refugio desde el mes anterior. Ya cumplí con mi condena. Mi registro está limpio. Voy al refugio porque me gusta, porque con todo y el olor a orina y el deprimente patio de juegos y los animales atemorizantes, es mejor que estar en casa. Y, más que eso, en el refugio me necesitan. Aun cuando los perros están condenados, allí puedo hacer algo para que las cosas sean al menos un poquito mejores para ellos. Nadie me necesita en casa.

—Lo siento, Mamá. Cenamos en familia el viernes, ¿te parece?

En la clínica, la enfermera especializada me hace otro ultrasonido. Me recuesto, por tercera vez, en la misma mesa cubierta de papel. En esta ocasión, mi útero parece una cueva vacía.

—Excelente —me dice—. Ya no estás embarazada.

Los ojos se me llenan de lágrimas que caen a cada lado de mi cara hacia mis orejas.

La enfermera me da papel para limpiarme el gel y algunos pañuelos más para secarme la cara. Me incorporo.

—¿Cómo te sientes? —me pregunta.

¿Cómo me siento? Examino mi interior y, con manos ciegas, busco la palabra que coincide con mis emociones.

—Aliviada —respondo.

—Bien. —Su sonrisa es gentil y amable, y me pregunto por qué no pensé que era bonita la primera vez que la vi. Entonces dice—: Necesitamos hablar acerca de tu método anticonceptivo de aquí en adelante, ¿okey?

—Mi novio terminó conmigo. —Es la primera vez que lo digo en voz alta—. Así que no lo necesito.

—Ah —dice ella, y jala una silla para sentarse cerca de mí—. ¿Fue por el embarazo?

—No sé por qué terminó conmigo. Quizá por otra niña que anda por allí. Quizá porque soy una persona terrible. No lo sé.
—Tengo una imagen del Puente a la Nada y de la gente saltando al vacío. Oigo la voz de Seth preguntándome si saltaría. Y por primera vez me pregunto si quizá no había una respuesta correcta a esa pregunta; si quizá, sin importar lo que hubiera dicho, ya había terminado conmigo.

Sonríe empáticamente.

—Las separaciones son difíciles —dice—. Y no eres una persona terrible. —Nos quedamos sentadas un momento más y me limpio las lágrimas. Después me sueno la nariz y me dice—: De todos modos, necesitas anticonceptivos. —No le respondo—. Sé que en este momento sientes que jamás vas a volver a querer tener relaciones sexuales —sigue—. Entre el rompimiento con tu novio y el aborto, el sexo es probablemente una de las últimas cosas que querrías en este momento. Pero eso va a cambiar y entonces vas a necesitar estar protegida.

—Si eso sucede, compro condones —digo.

—Los condones son fabulosos —responde—, y en un mundo ideal, usarías un condón en cada ocasión, junto con algún tipo de anticonceptivo hormonal. Los condones son la mejor manera de evitar enfermedades, pero se rompen, y a veces las personas no toman las decisiones más prudentes en el calor del momento y un condón es algo que se pone el hombre.

Me duele la cabeza y no quiero hablar acerca de esto, pero tiene la razón.

—Está bien —digo—. ¿Me pueden poner la inyección?

—También hay otras opciones —me dice—. Hay un parche que te pones como calcomanía y que te cambias una vez por semana, y además está el implante, si te interesa, y es eficaz hasta por tres años. Es el que yo uso. —Saca el brazo de la manga de su bata blanca, se sube la manga de la blusa negra y me enseña la parte interna de su brazo—. Allí —dice y me deja sentir el delgado cilindro del implante hormonal justo debajo de su piel. Su piel es suave y pálida. Puedo ver la sombra azulada de varias venas. Tiene una verruga pequeña y plana justo arriba de la parte interior de su codo. Su piel se siente tibia.

Nos quedamos así un momento, su brazo desnudo volteado hacia mí, mi mano sobre su piel.

—Esta es la tercera vez que uso uno de estos —dice después de un instante, tras bajarse la manga de la blusa y volverse a poner la bata blanca—. Me parecen fantásticos.

Me entrega un folleto que tiene toda la información relacionada con el implante.

—Depende totalmente de ti —me dice—. Estoy aquí para darte información y acceso, pero es tu decisión. Puedes elegir cualquiera de las opciones o decidir que no quieres hacer nada.

En este momento, no tengo deseo alguno de tener relaciones sexuales con alguien, ni siquiera con Seth. No puedo imaginarme un momento en el que quiera que un chico vuelva a meter su pene en mi interior. Sigo sentada sobre una de las gigantes e incómodas toallas superabsorbentes y todavía estoy sangrando por el aborto. Pero ese aborto fue lo mejor y lo más amable que pude haber hecho por mí misma desde que tengo memoria. Probablemente sea la mejor decisión que jamás haya tomado; quizá la mejor que tome en mi vida.

Así que me pongo el implante.

Va a ser el cumpleaños de Apollonia. El 13 de diciembre cumple diecisiete años y le van a hacer una fiesta en su casa con todo y meseros. Sus papás le dijeron que podía invitar a doce personas a su fiesta, no más.

Louise me habla para contármelo. En su voz oigo una disculpa, pero también escucho una vibra de emoción porque recibió una de las doce invitaciones. Es una de las elegidas.

—No te importa si voy, ¿verdad, Nin? O sea, no es como si te hubiera robado a Seth. Ustedes ya habían terminado cuando ellos empezaron a andar. Y, además, ella anduvo primero con él.

¿Me está pidiendo permiso?

—Suena divertido —digo—. ¿Ya sabes lo que te vas a poner?

—La invitación dice que es una cena formal, así que será algo elegante. —Ahora, Louise está aún más efusiva por haber logrado ingresar, por ser una de las seleccionadas—. Estaba pensando en ir a Lavish para escoger algo. No creo que tú…

—Ajá, no creo, Louise.

—No, claro, por supuesto. Lo entiendo por completo, no debí pedírtelo.

Hay una larga e incómoda pausa. Las dos queremos colgar. Finalmente, la saco de su miseria.

—Oye, tengo que ayudar a mi mamá con algo. Diviértete —cuelgo.

Sólo doce invitaciones.

꙳꙳꙳

El día de la fiesta de Apollonia, un viernes por la noche, decido trabajar un turno extra en la perrera. Bekah quiere salir temprano para ir al cine con su novio, así que le ofrezco quedarme hasta la hora en que cierra el refugio. De hecho, es un alivio tener algo que hacer.

Está lloviendo. Aquí casi nunca llueve. Hemos estado pasando por una sequía poco menos que épica durante los últimos cinco años, pero en realidad no es como si me afectara a nivel cotidiano. O sea, el océano todavía tiene agua de sobra si por casualidad decido ir a la playa alguna tarde, y nuestros aspersores siguen prendiéndose automáticamente a las tres de la mañana cada tercer día para mantener el verde esmeralda de nuestro pedacito de pasto.

Pero cuando *sí* llega a llover, se dispara algún tipo de interruptor dentro de mi cabeza. De repente empiezo a tomar bocanadas gigantes de aire, huelo la humedad, la tierra, las hojas y todas las demás cosas que suelen estar demasiado secas para tener un aroma propio pero que, humedecidas por el agua de lluvia, vuelven a la vida.

Stanley está en Canadá, visitando a los primos de su madre. No estará de vuelta sino hasta las fiestas. Me siento en el lugar de Bekah, detrás de la computadora principal, y juego solitario spider. Ruth está atrás en algún lugar, lidiando con el papeleo.

Me siento bien. No fantástica, pero no terrible. Bien.

Entonces abren la puerta y entra una ráfaga de aire helado, una mojada explosión invernal. Tiemblo y me cierro la sudadera antes de levantar la mirada.

Son tres. Dos chicos y una chica, que se queda atrás. Todos son blancos, pero realmente blancos, pálidos. El tipo que trae la caja tiene como dos centímetros de raíces pintadas de rojo sangre con el resto del pelo pintado de negro.

—Encontramos a este perro —dice el otro chico. Probablemente es el mayor, como de veinticinco años, y es el más alto. Su cara es laxa, como si estuviera hecha de huevo mal cocido. Y es alto, alto y muy delgado, más largo que alto. Cada parte de él podría ser atractiva. No hay nada de malo con su nariz, ni con sus ojos, ni con la inclinación de sus hombros. Pieza por pieza es guapo, pero en la vida real, en la forma en que todo se conjunta, simplemente no lo es—. Creemos que lo atropelló un auto.

El otro chico, el de las raíces rojo sangre, el que trae la caja, empieza a decir algo, pero el tipo alto lo interrumpe.

—Es sólo que pensamos que lo mejor sería traerlo aquí —dice. Y después toma la caja y la coloca sobre el mostrador.

Es una caja de cartón, mojada y a punto de deshacerse por la lluvia; las solapas de la tapa están cruzadas y entrelazadas para que no se abra. Hay un gemido bajo y constante que viene del interior. Mi estómago da un vuelco de náuseas. No quiero abrir la caja. No quiero ver al perro. No quiero que este perro exista.

De alguna manera, mis manos se dirigen a las solapas de la tapa. El cartón se siente pastoso. Abro la caja con dificultad.

El gemido se vuelve más intenso y más agudo cuando la luz penetra en la caja. Es el sonido del terror más absoluto. Ojos negros y húmedos de un pequeño rostro café me contemplan. Puedo ver que la perrita está aterrada, pero no se mueve en absoluto. No puede moverse, me doy cuenta, o lo haría. Por lo menos trataría de escapar. Es una perrita muy joven, todavía no adulta, algún tipo de mezcla de terrier que pesa quizá entre cinco o seis kilos. Hay algo de sangre embarrada en un costado de la caja y apesta a orina.

Levanto la vista cuando vuelvo a oír que la puerta se abre y veo que se están retirando; los dos tipos ya están afuera y después sale la niña, aunque antes de cruzar el umbral se detiene y mira hacia atrás. Por un instante su cara es igual a la de la perrita, con la misma mirada en sus ojos; se disculpa y desaparece en la lluvia; la puerta se cierra tras ellos.

Se supone que tienen que llenar los formularios. Se supone que tienen que firmar una cesión de derechos, pero no voy tras ellos. En lugar de eso, recojo la mojada caja en mis brazos, con la perra herida y lastimada, y corro a la parte posterior del refugio.

—¡Ruth! —grito y aparece casi de inmediato. Mi voz está llena de pánico y su rostro lo refleja.

—¿Qué pasa? —Pero después ve la caja en mis brazos.

—Dicen que la atropelló un auto, pero simplemente se largaron, se fueron.

Ruth toma la caja; mis brazos están empapados, el frente de mi sudadera está húmeda y puedo oler la orina de la perra. Lleva la caja a un cuarto de exploración y yo la sigo, con las manos vacías y temblando. Coloca la caja sobre una mesa.

Los gemidos agudos de la perra no se han detenido. Suben de tono y es horrible, es el sonido del dolor y del temor y de la más absoluta falta de esperanza.

—¿Tú qué crees? —me dice, mirando a la perrita, no a mí.

—Mintieron —digo, absolutamente segura—. No la encontraron así.

Ruth asiente. Deja la habitación y sé adónde se dirige: al casillero con llave donde se guardan los medicamentos.

No quiero ver a la perra. No quiero tocarla. Pero me acerco a la caja. Pongo una mano dentro y la coloco con la máxima suavidad que puedo sobre su cabeza, justo entre sus orejas, el único lugar que estoy casi segura que no está lastimado.

—Tranquila —digo, con voz suave y baja—. Todo va a estar bien, falta poco. Tranquila.

Ruth regresa con una jeringa en la mano y es el mismísimo jodido Ángel de la Misericordia. Encuentra una vena de inmediato y presiona el émbolo. Yo mantengo la mano sobre la cabeza de la perrita.

Los gemidos bajan de volumen y de intensidad y finalmente se detienen. Cesa el rápido movimiento de la respiración del cuerpecito lacerado. No cierra los ojos, pero estos pierden su brillo y al fin muere.

Yo estoy llorando y Ruth también, aunque nada hace llorar a Ruth.

—Hicimos lo correcto —dice, a sí misma o a mí, no lo sé, pero asiento. Pone un brazo alrededor de mis hombros y me abraza con fuerza.

Más tarde, después de que Ruth le habla a la policía para reportar lo que sucedió y de que doy la mejor descripción que puedo de los tres individuos, después de que viene el veterinario y toma rayos X del cuerpo de la perrita —las cuatro patas destrozadas, la columna rota en tres partes, las caderas aplastadas, todo debido probablemente a tortura y abuso sistemáticos—, y después de que toman fotografías de su cuerpo, me voy a casa.

Dejó de llover. Cruzo el estacionamiento y me meto detrás del volante de mi auto. Me quedo sentada allí, apestando a orines de perro y a mi propio sudor atemorizado. Detrás de mis ojos veo esos otros, primero los ojos negros de la perrita, la manera en que pasaron de brillantes y llenos de temor a negros sin brillo y muertos, pero por lo menos ya sin dolor, y después veo otros ojos más. Los de la chica al salir por la puerta y hacia la lluvia. Esos otros ojos también estaban atemorizados.

Enciendo el auto. Salgo del estacionamiento. Las calles están inusualmente vacías y llego de regreso a Irvine en menos de veinte minutos. Manejo con cuidado, con aún más cuidado del habitual. Empieza a llover de nuevo justo cuando entro en mi vecindario, una fina llovizna. Por una vez espero que mis papás estén en casa. Quiero contarles lo que sucedió. Quiero que me escuchen y que me abracen y que me acaricien el cabello.

Pero cuando abro la puerta del garaje, hay dos espacios vacíos donde deberían estar sus autos.

Me quito las botas en la cocina. Camino a través de la enorme y vacía casa, subo por la estúpida escalera, entro en mi habitación y me desnudo por completo mientras huelo la lluvia y la orina de la perra muerta al quitarme la camiseta. Me meto en la regadera.

Envuelta en una toalla, abro el cajón superior de mi buró. Veo las camisetas y los suaves pantalones de franela. Pienso en ponérmelos y en meterme a la cama. En cubrirme con la colcha hasta la cabeza. Pero es temprano, aunque se siente demasiado tarde, y no estoy cansada. Cierro el cajón.

Parte III

Las Venus anatómicas

Cuando cumplí catorce años, después de que terminamos de recorrer Roma, conmigo todavía afectada por el vino del que mi mamá se negaba a hablar, tomamos un tren a Florencia. Era, dijo ella, su ciudad favorita en toda Italia.

Se sentía más como un lugar verdadero en el que la gente realmente podía vivir. Seguía siendo una ciudad muy vieja, pero sin las antigüedades gigantescas como el Coliseo y el Panteón y el Vaticano; había algo de lugar para respirar. En Roma había demasiadas guerras, demasiadas historias, demasiados cuerpos apilados uno encima de otro como para alguna vez desenmarañarlo todo.

Las santas, por supuesto, me siguieron a Florencia, toda la larguísima hilera de ellas. Pero estaban calladas y empezaban a sentirse tan parte de mí como mi sombra, e igual de inofensivas.

Mamá me llevó a La Specola, el museo público más antiguo de toda Europa.

—Mira —me dijo.

Las santas miraron conmigo. El piso estaba hecho de ladrillos usados colocados en ángulo en un patrón entrecruzado.

Las ventanas estaban cubiertas con pesadas cortinas color verde oscuro, como las que podrías encontrar en un restaurante, y estaban cerradas por completo para cuidar los objetos mostrados. En el techo había unos extraños tubos de luz fluorescente que bañaban todo de una áspera luz blanca. Cada pared estaba cubierta de cuadros y especímenes enmarcados, todos anatómicos. Debajo de los cuadros había estantes de madera pintados del mismo color verde de las cortinas. Estaban colmados de cajas de vidrio. Cada caja contenía alguna parte del cuerpo —pies y órganos y manos—, pero mi atención se centró en las tres largas vitrinas al centro de la habitación.

Las vitrinas en sí eran bellísimas, sostenidas a nivel de la cadera sobre patas de madera cuidadosamente torneadas. Pero no sólo eran vitrinas; eran ataúdes. Dentro de cada uno había una colchoneta con flecos; las de los extremos eran moradas, la del centro era blanca. Sobre cada colchoneta había una sábana artísticamente arrugada y, sobre cada sábana, el cuerpo desnudo de una mujer.

—¿Son reales? —susurré, como si pudiera despertarlas. Pero aun cuando hubieran sido verdaderas, no podrían estar vivas, ni siquiera si estuvieran en un trance tipo Blancanieves, porque su piel estaba abierta por completo, desde el pecho hasta el pubis, sus órganos regados a cada lado, acomodados tan artísticamente como las sábanas.

—Son arte —dijo Mamá—, esculturas de cera.

Rodeé las figuras. De sus cabezas brotaba cabello tan largo como el de Rapunzel, uno de ellos oscuro y suelto, otro peinado en largas trenzas rubias. Sus mejillas y sus labios tenían el rojo de la vida; sus ojos de vidrio, azules y verdes y cafés, me miraban directamente, o quizá miraban por encima de mi hombro a las santas que me seguían. Tenían joyas alrededor del cuello, enredadas en el cabello. Cada modelo reclinada tenía la pierna derecha ligeramente doblada, atractivamente curvada; cada una sujetaba su sábana. La cabeza de cada modelo estaba inclinada hacia arriba y hacia atrás.

—Pero ¿qué son?

—Son las Venus anatómicas.

No tenía ni la más mínima idea de lo que eso significaba, pero cobró para mí el más absoluto sentido.

—Son una especie de modelo anatómico —dijo Mamá—. Las esculpió Clemente Susini. La idea era que los estudiantes de medicina las examinaran a ellas en lugar de usar cadáveres. No se pudrían, no apestaban y, por supuesto, eran bellísimas. Mujeres perfectas. Estas tres son parte de un juego: *Le Grazie Smontante* o las *Venus anatómicas*. Como puedes ver —continuó, dándole la vuelta al ataúd del centro—, casi parecen vivas. El color de su piel. La expresión de su cara.

—Sus ataúdes parecen camas —dije—, la manera en que sus cabezas descansan en almohadas.

—Así es —dijo Mamá—. Mira las poses en las que están. Todo tiene un propósito, Nina; nada es accidental.

Vi sus manos abiertas, sus dedos suavemente curvados. Sus suaves piernas, el vello ensortijado entre ellas.

—Si sólo eran para aprender acerca del cuerpo, no necesitaban el cabello largo y las joyas —dije.

—Así es —respondió Mamá. Parecía complacida, como si yo fuera un perro que hubiera llevado a cabo un truco a la perfección—, pero aquí nos volvemos a topar con la intersección entre el amor y la muerte. Entre la belleza —gesticuló hacia la dulce cara de la figura— y la sangre. —Su mano señaló el pecho abierto, los intestinos que brotaban.

—Eros y Tánatos —murmuré.

—Exactamente.

Mamá dio un golpecito a la tapa de cristal del ataúd.

Una de las figuras, la que tenía el pelo largo y rubio, se asemejaba a la escultura de santa Teresa. Sus piernas parecían retorcerse, ya fuera por placer o por dolor, y sus manos se aferraban a la sábana debajo de ella. Su cabeza estaba echada hacia atrás, los hombros inclinados hacia adelante, y los brillantes gusanos de sus cerosos intestinos enmarcaban lo más profundo de su área central.

—No parece muerta —dije—, pero tampoco parece viva.

—Mira el pezón de esta —dijo Mamá, y centré mi atención en el sitio que estaba señalando. El pecho de la figura estaba abierto de par en par, los senos casi volteados de cabeza, como puertas abiertas. Sentí que santa Águeda se crispaba detrás de mí al reconocer a su gemela—. ¿Ves el color que tiene? ¿Su forma? Trata de creer que eso no tiene nada de sexual.

Me quedé parada junto a mi mamá y a través del vidrio miré fijamente la belleza y la sangre. Los hombres que habían creado estas figuras deben haber trabajado con modelos de la vida real. Y los cadáveres que habían posado para ellos…, ¿qué les había sucedido a esas mujeres? ¿Cómo habían muerto? ¿Cómo habían vivido? ¿Quién había acomodado su carne y sus intestinos para que el artista pudiera crear estas esculturas?

Quería preguntar acerca de las mujeres pero, si lo hacía, sospechaba que empezaría a llorar y que mi madre no lo aprobaría. De modo que centré mi atención en las esculturas. En el arte.

—¿De qué están hechas exactamente?

—De cera de abejas y grasa animal —dijo Mamá—. De lo mismo que se usa en el maquillaje actualmente.

Eso no podía ser cierto. Dios mío, ¿eso era posible?

HABÍA UNA VEZ UNA RICA Y NOBLE FAMILIA DE CATANIA. DEBIDO A SU enorme riqueza, poseían grandes tramos de tierra y muchas casas. Estaban agradecidos por su fortuna y rezaban con diligencia al Dios cristiano.

Y también estaban agradecidos por su bellísima hija, Águeda, quien, al cambio de las estaciones, se transformaba con ellas, y su belleza aumentaba de niña a joven mujer. Sus doradas trenzas eran lo bastante largas para rozar el piso cuando se hincaba a orar, cosa que hacía a diario dado que su fe era poderosa y ferviente.

Creció y aumentaron su gracia y su pureza hasta que, a los quince años, le declaró a su familia su intención de dedicar su virginidad a Dios para convertirse en su sirviente consagrada.

El mundo no era sitio seguro para una mujer cristiana, ni siquiera una tan bella y tan pura como Águeda o, quizá, especialmente para una joven como ella. Un día, el prefecto romano Quintiliano contempló a la virginal Águeda —sus trenzas, sus ojos rasgados, la curva de sus pechos debajo de sus vestimentas— y enloqueció de deseo por ella.

Quintiliano intentó cortejar a la dulce Águeda con todas las estratagemas a su alcance; al principio con cumplidos y favores, pero cuando esto ni siquiera le ganó una sonrisa, su persuasión se convirtió en oscuras amenazas y persecuciones. La mandó apresar y la envió a un burdel con la intención de humillarla hasta que se convirtiera en su prometida. Allí instaron a Águeda a que participara en todo tipo de libertinajes; banquetes y festines, excesos alcohólicos y orgías multitudinarias.

Águeda clamó a su Señor celestial:

—¡Jesucristo, Señor de todas las cosas, conoces mi corazón y mis deseos, eres poseedor de todo lo que soy! Soy tu cordero. ¡Hazme merecedora de la fuerza para superar al demonio!

Y Águeda se mantuvo firme en su virginidad y en su devoción a Cristo, y después de un mes de presiones y coerción, el dueño del burdel se rindió ante Águeda, sabiéndola inquebrantable, y la regresó a la autoridad de Quintiliano.

Este fue brutal en su inquisición, su pasión por ella se transformó en enojo, resentimiento y vergüenza por sus negativas, incluso frente a sus amigos, a pesar de sus amenazas de tortura y muerte.

Ordenó que se le martirizara en el potro. Sus hombres la ataron de brazos y piernas y empezaron la tortura, estirándola y rompiendo y lacerando articulaciones y tendones. Hirieron sus costados con ganchos de hierro. Quemaron y mortificaron su carne. Y cuando aun así siguió fiel en su amor a Jesucristo, Quintiliano ordenó un destino todavía más cruento: que sus senos, la parte del cuerpo de Águeda por la que más deseo sentía, se cercenaran de su cuerpo.

La sonrisa de Águeda fue ejemplo de pureza.

—¡Cruel tirano! —dijo ella—. ¿No te avergüenzas al torturar esta parte de mi cuerpo, tú que te alimentaste precisamente de los pechos de una mujer?

Quintiliano no cejó hasta satisfacer su sed de sangre y miró con gran satisfacción en su corazón, e incluso con éxtasis, cuando el cuchillo se hundió en la carne de Águeda y cortó sus pechos para colocarlos, primero uno y luego el otro, en una bandeja.

Así, desfigurada, arrojaron a Águeda en un calabozo y se le negaron ungüentos y comida e incluso agua. Pero Dios no abandonó a la más fiel de sus sirvientes y, para la mañana siguiente, las heridas de Águeda habían sanado.

Aun así, Quintiliano se rehusó a verse conmovido por el poder y gracia del Dios de Águeda y ordenó que se le torturara otra vez, en esta ocasión mandando que hicieran rodar su cuerpo desnudo sobre carbones ardientes mezclados con alfarería rota. Y al final ella gritó a los cielos:

—¡Dios, Creador mío! Desde la cuna me has protegido; me has alejado del amor mundanal y me has dado la paciencia para sufrir; recibe ahora mi alma.

Y el Creador respondió a esta última de sus oraciones y desprendió su espíritu de su carne mortificada y Águeda quedó liberada al fin y en el Cielo vivió con Jesucristo, feliz para siempre.

L o peor de la casa de Louise era su hermano mayor, Michael. La mayor parte del tiempo nos ignoraba, pero cuando se dignaba a hablarnos, siempre era para decir algo terrible, como cuando teníamos doce años y estábamos pasando el rato en el patio delantero de Louise, comiendo paletas de hielo, y Michael llegó en su bicicleta BMX casi estrellándose contra nosotras antes de hacerse a un lado.

—¿Están practicando, chicas? —dijo, con un gesto sardónico en la cara—. Los reales son un poco más grandes que eso.

O como otro día de ese mismo año, cuando estábamos practicando rutinas de gimnasia en el patio trasero, cuidándonos una a la otra mientras hacíamos una flexión hacia atrás en puente para después tratar de pararnos por completo. Michael salió al patio con un sándwich y se sentó a observarnos.

—Vente, Nina, vamos adentro —dijo Louise, casi tan pronto como se sentó su hermano, pero yo me rehusé. No quería dejar lo que estábamos haciendo simplemente porque el imbécil de su hermano mayor estaba allí. De modo que hice otro puente y la adrenalina o algo relacionado con que me estuvieran viendo me dio la energía de hacerlo con el ímpetu necesario para darme la vuelta completa y pararme sin ayuda.

—¡Oye! —dijo Louise, toda contenta—. ¡Esa fue una inversión hacia atrás completa!

Le sonreí, bastante impactada de que realmente lo había logrado, cuando Michael dijo, con la boca llena de comida a medio masticar:

—¿Cuándo van a empezar a rasurarse? Sus piernas son un verdadero asco.

Más tarde ese mismo día nos robamos un rastrillo del botiquín del baño de la mamá de Louise y nos rasuramos las piernas por primera vez. Con cada pase de la afeitadora de mango color violeta me sentí más y más bonita. La piel de mis pantorrillas, libre de vello, se veía brillante y sexy y casi plástica, como la de una Barbie. Esa noche, metida en la cama corrediza del cuarto de Louise, froté mis piernas una contra la otra y contra las sábanas, deleitándome en la sensación de suavidad.

A la mañana siguiente yo me desperté primero. Louise tenía el sueño pesado y no tenía caso tratar de despertarla antes de que estuviera lista porque simplemente mascullaba, se daba la vuelta y se cubría la cabeza con las cobijas; pero me estaba muriendo de hambre. El cuarto de Louise estaba junto al de Michael. Por lo general tenía la puerta cerrada a piedra y lodo, pero no fue así esa mañana. Tenía música puesta, muchas guitarras y tambores sin nada de palabras. Traté de no mirar dentro, pero lo hice de todos modos. Había un chico sentado en el piso de la recámara de Michael. Su cabello colgaba a cada lado de su cara mientras veía abajo hacia algo que tenía en las manos.

Debe haber percibido que lo estaba viendo porque levantó la mirada.

—Hola —dijo.

—Hola —respondí, sonrojándome y cruzando los brazos sobre mi pecho, repentinamente mortificada por mi pijama: *shorts* y una camiseta con caras de gatitos.

—¿Te despertó la música? —El chico sonrió, lento y apuesto como alguien en una película. Tenía el cabello rubio oscuro, casi castaño, ojos del mismo color, dientes blancos y perfectos, y la piel sin un solo grano.

—Lárgate de aquí, Nina —dijo Michael detrás de mí y lo vi al tope de las escaleras con una bolsa de papas y seis latas de refresco.

—No, no hay problema con que se quede —dijo el chico y yo le sonreí.

—Es una maldita molestia —dijo Michael, quien me empujó al entrar al cuarto.

—¿Cuántos años tienes? —preguntó el chico.

—Doce.

—¿Y te llamas Nina?

Asentí.

—Mucho gusto —dijo—. Yo soy Wade. ¿Quieres un refresco?

Ni siquiera eran las diez de la mañana.

—Claro —dije y entré en la habitación.

Michael me arrojó uno de los refrescos, de modo que supuse que estaba bien que me quedara, pero no quise arriesgarme a que se enojara, así que me dejé caer en el puf que estaba en una de las esquinas del cuarto y me acomodé con las piernas recién rasuradas a modo que se vieran bonitas.

Wade me sonrió de nuevo, el tipo de sonrisa que hizo que mi estómago se hiciera nudos por dentro, el tipo de sonrisa que nadie jamás me había mostrado. Pero entonces volteó a ver a Michael y le hizo señas para que le pasara las papas y cuando Michael lo hizo, abrió la bolsa, tomó un puñado y fue como si yo hubiera desaparecido por completo.

La habitación olía asqueroso en una manera que me resultaba ligeramente agradable: a sudor de niño y a marihuana. Después de unos minutos abrí la lata y bebí el refresco lentamente, sabiendo que sólo podría quedarme allí el tiempo que me tardara en beberlo, sabiendo que la buena voluntad de Michael no duraría.

Michael colocó el resto de las latas sobre su buró y abrió el cajón superior. Sacó una bolsita de plástico llena de hierba, una pequeña pipa y un encendedor. Volteó a verme.

—¿Le vas a decir a Louise?

Sacudí la cabeza. Cerró el cajón.

Se sentó en la orilla de la cama. Wade estaba en el piso, recargado contra un costado de la cama, su cabeza relajada hacia atrás sobre el colchón. Cuando tomó un sorbo de su lata de refresco, miré cómo su manzana subía y bajaba.

Michael tomó un pellizco de la hierba de la bolsita y la colocó en la pipa. Estaba hecha de vidrio transparente atravesado por líneas onduladas de color amarillo y rosa. Las líneas parecían gusanitos coloridos. Empacó la marihuana en la pipa y se la llevó a la boca. Antes de prenderla me dijo:

—Cierra la puerta.

Salté del puf y empujé la puerta hasta que la oí cerrarse. Después regresé a la esquina, hundiéndome en el puf y rogando, rogando, rogando que Michael no me ofreciera la pipa. No tenía la más mínima idea de cómo se usaba.

Después de succionar el extremo de la pipa, aguantando la respiración, los pulmones llenos, se la pasó a Wade. Se pasaron la pipa el uno al otro, tomando turnos para fumar de ella.

Yo no sabía hacia dónde dirigir la mirada. Bebí mi refresco. Estaba frío y dulce y burbujeante, igual que cualquier otro refresco, pero era completamente distinto.

Cuando estuvieron lo bastante drogados, supongo, Michael estiró el brazo y puso la pipa de vuelta sobre el buró. Después se dejó caer sobre sus almohadas y se frotó los ojos.

—Hermano —dijo.

La música estaba súper, superfuerte. El cuarto estaba brumoso de humo y tuve que respirar de manera muy superficial para no toser.

—Oye —dijo Wade de repente, después de unos minutos en que no dijeron nada—, se me olvidó que había algo que te quería enseñar. ¿Dónde está tu computadora?

—Por allá —dijo Michael y agitó vagamente su mano. Tenía los ojos cerrados.

—Está pacheco —me dijo Wade, sonriendo.

Le devolví la sonrisa, como si fuera un chiste que estábamos compartiendo a pesar de que los ojos de Wade estaban inyectados de sangre y de que le había dado el mismo número de fumadas a la pipa que Michael.

—Tienes la misma edad que mi hermano. ¿Lo conoces? Se llama Seth.

—Estamos en el mismo salón. —Sentí cómo me sonrojaba. ¿Este era el hermano de Seth? Con razón era tan…, bueno, con razón se veía tan maravilloso. Tenían la misma energía, Seth y Wade. Esa ola impetuosa de masculinidad, aunque era más potente en Wade.

—Oye —dijo, frunciendo el ceño—, no le digas que estaba fumando mota, ¿sí? No quiero que piense que es algo bueno.

—Ah, claro, no hay problema. O sea, no es como si nos juntáramos ni nada. Casi ni hablamos… —Ahora estaba balbuceando y avergonzada. Pensé que era de lo más dulce que Wade no quisiera que Seth supiera que fumaba mota, que quisiera protegerlo así.

—Excelente —dijo Wade, y después—: Oye, ayúdame a encontrar la computadora.

La mochila de Michael estaba cerca de la puerta, junto al cesto de la ropa sucia.

—¿Estará allí? —pregunté.

Wade se arrastró por el piso hasta la mochila. Su camiseta le quedaba grande y traía los pantalones bajos, de modo que al arrastrarse pude ver la orilla de su ropa interior.

—¡Lotería! —dijo después de abrirla y sacar la laptop de Michael.

—Oye, hermano —volvió a decir después de regresar a su lugar al lado de la cama. Abrió la computadora y presionó la barra espaciadora hasta que la pantalla se iluminó—, te tengo que enseñar esto.

Abrió el navegador y tecleó algo en la ventana de búsqueda. Tecleaba de maravilla, usando todos los dedos de la mano y sin ver sus manos en lo absoluto.

Después volteó a verme y sonrió ampliamente.

—No creo que tú quieras ver esto.

—Ah, okey. —Me levanté. De todos modos, mi lata de refresco ya estaba vacía. Me dirigí hacia la puerta.

Michael se dio la vuelta para ver la pantalla de la computadora.

—¡Qué carajos!

—Bueno —dije con una mano en la perilla, deseando que me pidieran que me quedara—. Gracias por el refresco.

Ninguno de los dos volteó a verme. El resplandor de la pantalla iluminaba la cara de Wade.

—Se llaman muñecas de deseos —murmuró Wade.

Michael levantó la vista hacia mí mientras esperaba parada en la puerta.

—Ciérrala cuando salgas.

※》 《※

Tan pronto como se despertó Louise, le conté acerca de Wade.

—Es el hermano mayor de Seth —le dije.

—¿Se parece a él?

—Ajá; es casi seguro que Seth se verá así dentro de unos cinco años. Como si fuera una mirada al futuro.

Louise se rio y suspiró.

—¿Y qué estaban viendo?

—No sé, algo en la computadora. Algo de una muñeca de deseos.

—¿Una muñeca? ¿Qué tipo de muñeca podrían estar viendo?

—No sé. ¿Algo porno, quizá?

—*Claro* que algo porno —respondió Louise con su voz de no seas tan niña.

Después de terminarnos el desayuno que la mamá de Louise nos sirvió en la cocina, subimos de regreso a su habitación. Nos instalamos en su cama, rodeadas de cojines y peluches, y buscamos «muñeca de deseos» en Google. Llegamos a un sitio que nos pidió dar clic en un botón que afirmaba que teníamos dieciocho años de edad o más y que estábamos al tanto de que íbamos a ingresar en un sitio con «contenido adulto».

Louise hizo clic. Se cargó la página. Había una mujer; una mujer rara y alta y bella, con tetas gigantes y pelo rojo oscuro alrededor de la cara. Tenía unas pantaletas rojas, un sostén del mismo color y tacones altísimos. Era tan alta como una mujer y se veía casi verdadera, pero no del todo. Su boca como que colgaba abierta y sus manos se veían tiesas y poco naturales.

—¿Qué *es*? —preguntó Louise, fascinada.

—Tiene que ser una broma, ¿no?

Louise se desplazó hacia abajo. Después de la imagen de la chica había una lista de opciones:

ESTÁNDAR

PERSONALIZADAS

CLÁSICAS

MODELOS DESCONTINUADOS – VENTA

—Son muñecas —dijo Louise. Había una lista de precios; cada una costaba entre siete y diez mil dólares—. Muñecas carísimas.

—¿Quién pagaría esas cantidades de dinero por una muñeca?

Louise hizo clic en el botón que decía PERSONALIZADAS.

—Mira —dijo—. Podemos construir una.

La primera sección era TIPOS DE CARA. Había doce opciones. Todas tenían la boca ligeramente abierta, como la primera muñeca, y todas miraban directamente al frente a través de ojos con pestañas enchinadas. Elegimos a Lynda, que tenía los ojos más grandes, seguidos de la boca de segundo lugar y una nariz más pequeña.

Después venía la sección de CABELLO. Louise eligió la imagen que tenía cabello ondulado negro a la altura de los hombros.

COLOR DE OJOS. COLOR DE LABIOS. MAQUILLAJE: pesado, ligero, al natural.

Después, TAMAÑO DE PECHOS.

—Ojalá los míos sean así de grandes, como estos —dijo Louise, su cursor flotando sobre un par de senos gigantescos.

—Yo odiaría tener tetas así —dije—. Tendrías que usar sostén todo el tiempo.

—A mí no me molestaría —dijo Louise, eligiendo el par más grande.

Eso nos llevó a una sección extraña: SELECCIÓN DE PEZONES.

Había como dos docenas de pezones diferentes, todos de colores diferentes, desde el negro hasta el rosado más tenue, todos de tamaños distintos y con palabras como «Levantaditos» y «Maduros» debajo de ellos.

—¿Quién diablos está comprando esto? —volví a preguntar.

Louise eligió unos pezones al azar.

La siguiente selección era VELLO PÚBICO. NATURAL, RECORTADO, AFEITADO.

Señalé hacia RECORTADO y Louise lo eligió.

Después de eso, una sección llamada LABIOS.

—¿Esos son...?

—Son vaginas —dije. Y es cuando Louise y yo finalmente comprendimos el tipo de persona que compraría estas muñecas.

—Son para tener sexo —dijo Louise, su voz casi en un susurro cuando dijo *sexo*.

—¿Y eso cómo es posible?

—Ni idea. —Salió de la página de LABIOS y después cerró el explorador y su laptop. Un segundo más tarde la volvió a abrir y borró el historial de navegación.

—Qué asco —dijo.

Era asqueroso. Todo aquello. Pero eso no me impidió regresar al mismo sitio web, a solas, en casa, los días y las semanas que siguieron, eligiendo todas y cada una de las opciones de bocas, cabello, pechos, pezones y vaginas, construyendo y reconstruyendo mujeres, imaginando quién podría comprarlas e imaginando, también, lo que se sentiría *ser* ellas.

Dos años después, parada junto a mi madre en La Specola, mirando los cuerpos de cera de las mujeres muertas (¿muertas vivas?), me sobrecogió una pesada oleada de *déjà vu*. Recordé el sitio, las elecciones que podían hacerse: CABELLO, OJOS, PECHOS, LABIOS. En el museo, las santas a mi alrededor sostenían su cabeza, sus ojos y sus senos en sus manos. Las mujeres de los ataúdes de vidrio yacían quietas, incapaces de cubrirse la cabeza, los ojos, los senos, los intestinos. Expuestas, destazadas, colocadas sobre pedestales. Niñas hechas de cera y de látex y de grasa animal y de sangre. Y también de curiosidad y de deseo y, quizá, de odio.

Hombres habían creado a estas mujeres; a las santas, a las Venus anatómicas, a las muñecas de deseos. Todas ellas, creadas por hombres. Eros y Tánatos.

LLEGÓ EN UNA SIMPLE CAJA DE PINO DE CIENTO OCHENTA POR SESENTA centímetros. El técnico en reparación colocó la caja sobre su base, la abrió con una palanca y miró dentro. Allí estaba ella, colgada, fijada a la caja por el gancho que salía de su nuca.

De inmediato pudo ver parte del daño; su boca estaba jalada hacia la izquierda, como si hubiera tenido una embolia, y su quijada colgaba inerte. Los dedos de su mano derecha estaban rotos, la piel de silicona desgarrada para mostrar sus huesos de metal, el índice colgado apenas de un hilo. Era más que evidente lo que había sucedido: había marcas de dientes alrededor de cada dedo roto, como anillos crueles.

El seno derecho también estaba dañado; ¿esas eran quemaduras de cigarro? Y su vagina estaba hecha un desastre, los labios totalmente separados del pubis.

El técnico en reparación la levantó para desengancharla y sacarla de la caja. Cargada sobre su hombro, la llevó al otro lado de la habitación hasta la mesa que había preparado. Había una luz intensa y brillante sobre ella. A un extremo, del lado de los pies, se encontraban las herramientas del técnico: desarmadores, un serrucho de mano, un escalpelo. Una botella transparente con un delgado dosificador llena de pegamento de silicón.

El técnico movió cada una de las articulaciones y tomó notas en un bloc amarillo: anotó las que estaban flojas —tobillo izquierdo, rodilla izquierda, muñeca derecha— y las que podrían estar totalmente rotas —cadera izquierda—.

Hizo una lista de todas las reparaciones que se necesitarían, jerarquizándolas en orden de dificultad. La vagina, aunque gravemente dañada, sería la reparación más sencilla, ya que podía sacarla por completo y reponerla con una nueva. La reparación del seno sería básicamente estética; simplemente necesitaría rellenar los hoyos quemados con silicona del mismo tono que la piel circundante. El reemplazo de las articulaciones y los refuerzos requerirían de cirugía. Y la quijada; bueno, simplemente tendría que meterse allí dentro para ver qué se podía hacer con ella.

Tarareando felizmente, en su elemento, el técnico en reparaciones tomó el escalpelo y se puso a trabajar.

Parte IV
Condiciones

Cuando cumplí catorce años, en dos semanas mi mamá me llevó a más museos de los que había visitado en todos los años anteriores de mi existencia.

—Estoy harta de ver museos —le dije al fin, y era cierto. Lo estaba. Estaba harta de su olor, del aroma ácido de demasiados visitantes amontonados, del polvo de siglos en las cortinas y en las esquinas. Estaba harta de su altura, de las elevadas y graciosas curvas de los techos de las viejas iglesias, de la extraña y perturbadora estrechez de los museos más pequeños y exclusivos. Estaba harta de los boletos y de los recorridos de audio y de los espacios desgastados al centro de los pasillos, prueba de todos los demás pies que se habían arrastrado por ellos antes de mí.

—Sólo falta este último —dijo Mamá y yo la seguí; porque eso era para lo que yo servía, para seguirla. La había seguido por toda Italia y ahora la seguí al interior de este museo, el último, me prometió, en el pueblo medieval de San Gimignano.

Desde afuera se parecía a cualquiera de los demás viejos edificios de piedra a los que me había arrastrado: monolitos altos, viejos y color arena, con ladrillos gastados en las esquinas, decorados aquí y allá con musgo o con algo que crecía de forma imposible donde no parecía que hubiera nada que pudiera dejarlo crecer.

Pero al pasar por la puerta, las cosas fueron muy distintas. Lo primero que vi, directamente frente a mí, fue un esqueleto dispuesto en una jaula de acero, cada pierna metida dentro de su propio compartimiento, colgado del techo. Y, a la izquierda, una pared extraña y llena de bolas; después de parpadear me di cuenta de que cada una de las bolas era una calavera cementada en su sitio. MUSEO DELLA TORTURA, anunciaba una sencilla placa de madera, como si no fuera de lo más evidente.

—Siempre había querido visitar este sitio —dijo Mamá—, pero no había tenido la oportunidad sino hasta ahora.

Por qué alguien podría tener un museo de la tortura en su lista de «siempre he querido visitarlo» era un misterio para mí, pero la seguí de todos modos. La seguí por el pasillo, por las vitrinas de vidrio, cada una decorada con tela roja, cada una con algo terrible en su interior. El cinturón hecho de cadenas, rodeado de anzuelos. La figura de cera de una mujer, su garganta atada con una correa de cuero, su boca estirada alrededor de una enorme vela. Una pinza con punta de tenazas de cangrejo, diseñada para amputar senos. Fierros para marcar. Una mordaza de hierro, un artefacto con una sección de púas para la lengua que se usaba para castigar a las mujeres chismosas.

La pera de la angustia.

En realidad, la pera de la angustia era un objeto bastante bello y, colocado sobre un cojín de satín rojo en un gabinete de vidrio, parecía algo precioso. Su manija de hierro era un corazón complejamente labrado; sus cuatro pétalos, aunque terminaban en punta, estaban decorados con una delicada filigrana. Alguien realmente se había esforzado por fabricar esta cosa.

—Ese —dijo mi mamá, asomándose por encima de mi hombro— se insertaba en la vagina. Tiene forma de pera cuando está cerrado, pero dentro hay una manija que da vuelta, es como un tornillo, ¿lo ves?, que abre los cuatro pétalos. Las puntas, por supuesto, y los pétalos de metal, rasgaban a la mujer por dentro.

—¿Por qué alguien querría hacer algo así? —susurré, sintiendo cómo mis muslos se apretaban de terror.

—La usaban para castigar a las mujeres que tenían relaciones sexuales con Satanás —dijo Mamá, su voz como si nada— y a las que se permitían tener abortos espontáneos.

—¿Que se *permitían* tenerlos? —No sabía qué sonaba más desquiciado: pensar que una mujer pudiera tener relaciones sexuales con Satanás o culpar a las mujeres por sus abortos espontáneos. Pero después recordé con una punzada de culpa lo que había sentido cuando reapareció el vaso de cristal de mi mamá después de perder al bebé al que yo había nombrado Chloe. Parte de mí había estado enojada. Parte de mí la había culpado, aunque jamás había hablado del asunto ni con ella ni con nadie más.

—Siempre que han existido las mujeres —dijo Mamá—, ha habido maneras de castigarlas por serlo.

HABÍA UNA VEZ UNA NIÑA QUE VIVÍA EN UN NIDO. ERA EL LUGAR perfecto para ella porque donde tendría que haber tenido suaves labios de niña, tenía un duro pico que sólo podía curvarse hacia abajo en una mueca, pero jamás tornarse en una sonrisa, lo que ocasionó que las demás niñas —aquellas con bocas bellas y suaves— la llamaran «cara de perra».

Vivía en un nido y tenía un pico en lugar de labios e igual de terrible era su vergüenza oculta: sólo había un gran hoyo entre sus piernas en lugar de tres orificios más pequeños; una sola abertura de donde emanaban orina y mierda y sangre menstrual, todo ello mezclándose de manera irracional y terrible.

Su nido se encontraba en el piso superior al final del pasillo de una casa por demás común y corriente. Y al igual que la niña había aprendido a ignorar su pico y su hoyo único, así también sus padres fingían ignorar la existencia de su nido.

—¡Limpia tu cuarto! —gritaban por las escaleras, como si al pasar la aspiradora y arreglar las cosas la niña pudiera transformar el caos de palitos y paja en algo que se asemejara a la normalidad.

—Esa niña —mascullaban, elevando sus ojos al cielo y encogiéndose de hombros como si su hija y sus problemas no tuviesen diferencia alguna con las hijas y los problemas que se encontraban en las casas junto a la suya.

Y la niña recubrió el interior de su nido con recortes de revistas de todas las bocas bonitas de todas las niñas bonitas y se arrancaba de inmediato cada pluma que salía de sus brazos y de sus piernas y de su pecho, las afianzaba con su pico y las extraía para entretejerlas con los palitos y la paja que la rodeaban. Emplumaba su nido con su propia vergüenza.

Pero las plumas son objetos extraños. Porque uno de los extremos de cada pluma es un cañón, lo bastante afilado para atravesar piel, y en el otro extremo están las barbas, que son suaves y lisas y más fuertes de lo que parecen. Después de un tiempo, la niña ave se arrancó una pluma del costado y esta vez, en lugar de trenzarla en su nido, hundió el extremo del cañón en tinta y después lo colocó contra un papel y, entonces, empezó a escribir.

Sé adónde voy cuando me alejo de la casa después de bañarme y quitarme el aroma a orina y temor de la perra torturada. Voy adonde no me invitaron, adonde no me esperan y adonde no seré bienvenida.

Louise estaba demasiado entusiasmada por la fiesta como para detener su verborrea, totalmente incapaz de contenerse sin importar lo incorrecto que era darme todos los detalles de una fiesta a la que yo no estaba invitada.

¿De verdad estaba así de perdida? Siempre había pensado que Louise era inofensiva; algo tonta, pero agradable. Pero los mensajes que me había enviado en los días cercanos a la fiesta de Apollonia —fotografías de los zapatos que pensaba ponerse, preguntas acerca de lo que debería llevar como regalo, cosas así— no se sentían poco pensados. Se sentían deliberados. Se sentían algo hirientes. Y me habían hecho volver a pensar en todos los años que habíamos pasado obsesionadas con Seth; lo que sería tomar su mano, besarlo, ser su novia. Los mensajes me hicieron pensar lo que se debió haber sentido ser Louise cuando yo pude averiguar todo eso y ella no. Claro que tampoco había tenido que descubrir lo que se sentía que él te abandonara. Que te reemplazara.

Bueno, supongo que, de cierta manera, sí sabía lo que se sentía *eso*, que te abandonaran, que te reemplazaran. Después de todo, yo la había abandonado de la misma forma, tan absoluta y radical como Seth me había abandonado a mí. Las dos éramos como animales extraviados.

Junto con todos los mensajes acerca de zapatos y regalos y planes, Louise me había dicho dónde vive Apollonia; en Silhouette Lane, en la sección de Quail Hill de Irvine. Es una comunidad enrejada, según lo averiguo una vez que estoy allí, con una caseta y un guardia. Este tiene puesto un sombrero negro de lo más absurdo, como de chofer, y aparte lleva un chaleco negro que se estira sobre su gigantesca panza.

—Estoy aquí para la fiesta de Apollonia —le digo, y parece un poco dudoso porque traigo pantalones de mezclilla y un suéter en vez de algo elegante y porque la fiesta empezó hace horas, pero simplemente me le quedo viendo directo a la cara sin chistar y después de un segundo presiona el botón que levanta el brazo mecánico y entro.

No tengo idea de cuál de las calles es Silhouette Lane ni de cuál es la casa en la que vive Apollonia, pero resulta que no es nada difícil. Una vez que la encuentro, es más que obvio.

Su casa es la que parece castillo.

Tiene una torreta. Algo absurdo en Irvine. Como el resto de la casa, la torreta está hecha de estuco. Es ridícula, en principio, porque no estamos en el siglo XIII, pero en la práctica es cierto que se ve bastante genial.

La larga entrada está atestada de autos. Puedo ver el Acura de Seth, estacionado hasta arriba, cerca del garaje. Debe haber sido la primera persona en llegar porque ahora su auto está encerrado con los que están detrás del suyo; veo la camioneta de

Dante y el Volkswagen de Cassie y el Audi del papá de Carver, que deja que lo tome prestado en ocasiones especiales.

Cada una de las luces de la casa está encendida, regando luz dorada sobre la entrada, bañando los autos y los maceteros llenos de flores y las escaleras que llevan a la puerta. Me estaciono en las sombras al otro lado de la calle, a varias casas de distancia.

No sé qué estoy haciendo aquí, sólo que me siento atraída a este sitio y que no me voy a ir. Veo a la perrita dentro de mi cabeza. La veo respingar cuando le inyectan la medicina. La veo relajarse al morir.

Los cuerpos de los perros, después de que se mueren, ¿sabes lo que hacen con ellos? Es casi seguro que pienses que los incineran o que quizá los entierran, pero estarías mal.

Los procesan.

De modo que esto es lo que sucede. En algunos refugios, después de que sacrifican al animal, lo embolsan y lo etiquetan; ya sabes, con la información de dónde proviene el animal, con el tipo de animal que es, con ese tipo de cosas. Pero nuestro refugio no tiene los fondos para medidas así. Cuando el perro muere, su cuerpo se coloca con los demás que ya se encuentran en un enorme tambo negro de plástico. Los tambos se meten en un cuarto congelador para que no empiecen a apestar antes de que los recolecte el gobierno de la ciudad.

Después hierven los cuerpos. Así es, los hierven. Para separar la grasa, que se vende al cabo de un proceso de licitación a quien pague más por ella.

Esa grasa se usa para hacer lápiz labial. Productos de limpieza para el hogar. Comida para perros. Comida para gatos. También muelen los huesos, que terminan en alimentos para mascotas. Una especie de *Cuando el destino nos alcance* del reino animal.

Una vez que se ha usado cualquier cosa que pueda aprovecharse del cadáver del perro, se incinera hasta dejarlo hecho cenizas.

Encuentro mi labial al fondo de mi bolsa y me lo pongo. Labial y Eros y Tánatos, todo en un solo y fino tubo dorado.

Llueve de manera intermitente, empieza y para, el tipo de lluvia que simplemente suaviza y moja todo, no el tipo que golpea contra el piso; el tipo que hace que el mundo esté más callado, no el que suena como una andanada de balas contra el auto.

Apago los faros. Apago el motor. Coloco mis llaves en el lugar para vasos e inclino mi asiento. Cruzo los brazos sobre el pecho. Cuando cierro los ojos, la perra está allí. Cuando abro los ojos, la perra está allí.

No estoy aquí por Apollonia. Estoy aquí por Seth.

No sé qué es lo que le quiero decir. No quiero decirle nada. Quiero que *sepa*, quiero que *sienta* lo que necesito que sienta. Quiero que me rodee con sus brazos y que me abrace, que me estreche tanto que se me dificulte respirar.

Quiero que los botones de su fina camisa blanca se hundan en mis mejillas y me dejen marcada. Quiero su barbilla encima de mi cabeza, su aliento cálido en mi cabello, el ángulo de los huesos de su cadera justo allí donde antes embonaban, en la parte más suave de mi estómago. Quiero contarle todos mis secretos, quiero contarle todo.

Quiero que me bese, pero que no haga nada más que eso. Sólo que quiera estar conmigo, que me abrace y que me bese en la suave lluvia de la noche.

Son más de las doce de la noche cuando acaba la fiesta. Louise es una de las primeras en marcharse, tambaleándose por el camino de entrada con tacones demasiado altos para ella, detrás de Selena, que debe haberla traído, hasta la acera y a la vieja furgoneta de Selena. He estado en el interior algunas veces; Selena es surfista, espera llegar a ser profesional y su auto siempre está lleno de arena y huele a cera para tablas.

Bajo mi ventana para poder oír lo que dicen.

—Fue maravillosa —dice Louise, murmura las palabras—. Qué fiesta tan más maravillosa.

Selena está en entrenamiento perpetuo, de modo que jamás bebe, ni una sola cerveza, pero Louise siempre bebe de más cuando está nerviosa y esta noche debe haber estado más nerviosa que de costumbre, porque se tropieza y casi se cae cuando trata de subirse al asiento del copiloto.

—Más te vale no vomitar en mi auto —dice Selena. Las puertas se cierran de golpe, enciende el motor y sus faros iluminan dos esferas de lluvia fina.

Se alejan de la banqueta. Los ojos de Selena miran a la calle, pero la mirada de Louise se posa sobre mí, agazapada en el asiento del conductor de mi auto. Su boca se abre en una «O» de sorpresa que la hace ver ridícula.

Levanto mi dedo índice hasta mis labios. *¡Shhh!*

Después de eso, la casa se vacía rápidamente y cuento a los invitados a medida que se alejan solos o en pares.

Louise y Selena. Dos.

Dante y Tisha. Cuatro.

Cassie. Cinco.

Carver, cuyo papá es un idiota por haberle dejado usar el Audi porque es más que obvio que bebió demasiado. Seis.

Después viene un grupo de tres, dos niñas y un tipo; una de ellas lleva sus tacones en la mano y camina de puntitas sobre la entrada al garaje, tratando de no mojarse demasiado; la otra niña emite un fuerte chillido cuando el tipo la levanta en vilo y la lleva hasta su auto. Nueve.

Loren y Héctor suman once.

Y entonces el auto de Seth es el único que queda sobre la entrada. Sólo el Acura negro azabache de Seth.

Pasan más minutos, muchos minutos que se acumulan hasta formar una hora. Por fin vuelve a abrirse la puerta de entrada. Por ella sale Seth. Trae puesto un saco negro que jamás le he visto, pero su camisa es blanca, justo como la imaginé. Apollonia aparece junto a él en el quicio de la puerta. Luce un vestido que bien pudo haber comprado en Lavish; negro y a las rodillas, un poco más corto al frente, con flecos en la orilla. Sin mangas. Lleva el cabello recogido y hay largos y suaves rizos alrededor de su rostro.

Se quedan allí parados, platicando; yo estoy demasiado lejos para distinguir lo que dicen, pero no necesito oírlos para comprender la manera en que Seth se inclina hacia ella y la forma en que se levanta la barbilla de Apollonia; para comprender cómo la mano de él sostiene su mejilla y después se desliza hacia su nuca, la forma en que se besan.

Al fin, Seth se sube a su auto. Prende sus faros y son como dos reflectores que iluminan el porche y a Apollonia. Se ve tan hermosa que casi no puedo respirar. Parece un cuadro, un maniquí, una muñeca.

Finalmente, Seth sale de la entrada del garaje en reversa. Su auto pasa junto al mío y yo lo sigo.

Había una mujer que se llamaba Catalina de Siena. Amaba a Jesucristo de la manera en que yo amo a Seth; sin cuestionamientos, sin tregua, por completo.

Jesús se le apareció en una visión y le colocó un anillo de bodas —hecho de su propio prepucio circuncidado— sobre el dedo. Lo vio allí sobre su mano el resto de su vida, incluso cuando era invisible a todos los demás.

Cuando cumplió los veintitrés años, Jesús visitó a Catalina y respondió a sus ruegos de que tomara su corazón y dejara el suyo en su lugar, con una herida en su costado como prueba de su intervención divina.

El ascetismo de Catalina de Siena no tenía paralelo. Casi no dormía. Usaba una cadena de hierro ceñida con fuerza alrededor de su cintura. Casi no comía. Regularmente vomitaba la poca comida que lograba tragar. Bebía el pus de las heridas de los leprosos. Padecía de estigmas que sólo ella podía ver. Ayunó y ayunó en nombre de Cristo hasta que murió. Ahora es una santa. Los católicos la reverencian y elevan sus oraciones a ella.

Si ella podía entregarse a su amado de manera tan completa, si podía perderse de manera tan total en los sueños de él y considerarse heroica por hacerlo, ¿por qué yo debería dejar de amar a Seth simplemente por el hecho de que él ya no me ame o de que probablemente jamás me haya amado?

¿La reciprocidad es condición del amor? Siempre he aceptado que mi madre tiene razón, que nadie me amará sin condiciones. Pero rechazo la idea de que yo tenga que establecer condiciones para amar a Seth. Yo quiero amar a alguien sin que importe nada más. Quiero amar a alguien aunque me duela. ¿Soy una santa? ¿Una perra destrozada en una caja de cartón?

Soy una niña en medio de la noche. Y lo sigo.

Seth maneja hasta su casa. No sé en qué momento se da cuenta de que lo estoy siguiendo; pero, después de apagar sus faros y el motor de su auto, después de bajarse, camina hasta donde me encuentro.

Me estacioné justo al otro lado de la calle de su casa, donde Louise y yo solíamos detenernos para mirar fijamente a su ventana, preguntándonos dónde podría estar y lo que estaría haciendo. Apago el motor de mi auto, me bajo y cierro la puerta tras de mí. Y entonces estamos allí, como yo quería. La lluvia brumosa flota a nuestro alrededor, iluminada como luciérnagas por las lámparas de la calle, el aire de la noche pesado y silencioso como mortaja.

—Hola, Nina —dice Seth. Hay un momento en el que puedo esperar que nada haya cambiado, no en realidad, y en mi cabeza clasifico lo que se necesita: fingiré que no pasó nada, que no estuve embarazada, que no sangré y sangré, y que no acaba de besar a Apollonia. Diré que eso jamás sucedió y no habrá sucedido, de la misma manera en que mi mamá negó haberme contado las historias de las santas antes de dormir, exactamente de la misma forma en que en Roma negó haberme emborrachado y de tal forma en que, a pesar de mis conocimientos de las historias y a pesar de la gigantesca resaca, parte de mí le creyó.

Podemos creer en las cosas que son ciertas y podemos creer en aquellas que no lo son. ¿Qué importa más: lo que es cierto o lo que creemos?

Pero entonces habla.

—No sé qué estábamos haciendo, Nin. O sea, incluso cuando estábamos juntos, jamás pude olvidar lo que hiciste el año pasado. No pude seguir ignorando algo así.

Abro la boca. La cierro. Siento un nudo que sube a mi garganta y no puedo respirar. Moriré en este lugar. Me atragantaré hasta morir en la brumosa oscuridad de la noche.

—Pero lo hice por ti —logro decir, exprimiendo las palabras alrededor del nudo tumoroso que subió hasta mi garganta desde algún sitio de mi interior.

Seth me mira con compasión.

—Vete a casa, Nina —me dice y parece que dirá algo más, una cosa más, pero no lo hace. Se da la vuelta, se aleja y me deja allí, en la calle, con sólo mi vergüenza como acompañante.

Al día siguiente no me despierto sino hasta que mi habitación está colmada de sol y me quedo acostada, parpadeando e inundada de pánico hasta que me doy cuenta de que no importa la hora a la que me levante porque no tengo ningún lugar adonde ir y nadie me está esperando.

Escucho. Oigo a la gata arañando en su caja de arena. Cuando se detiene, no oigo nada más.

Abajo está desierto. Hay un silencio sepulcral. La única prueba de que vivo aquí con otras personas es la nota que Mamá me dejó sobre la larga y vacía barra de la cocina: «Haz algo de utilidad».

Camino por la cocina, abriendo y cerrando cajones sin tratar de encontrar nada en particular. En el último cajón que abro, encuentro el estetoscopio. Debo haber visto el interior de este cajón cientos de veces durante el último año y, sin embargo, esta es la primera vez que veo el estetoscopio. Allí está, el largo tubo negro de su cuerpo; la abertura de sus dos auriculares, el muelle plateado; la campana, que amplifica los sonidos, redonda como boca sorprendida.

¿Cómo llegó a este cajón? ¿Cómo es que no lo vi antes?

Lo levanto y coloco las olivas en mis oídos. Bajo la campana por el frente de mi blusa y la presiono sobre mi seno izquierdo. Allí está, mi propio corazón que palpita. Lo escucho, tratando de entender lo que significa, lo que quiere.

≫ ≪

Jamás he ido al refugio en fin de semana, pero cuando ya no aguanto estar dentro de mi triste casa, es el sitio al que me lleva mi auto.

El olor del lugar y el sonido de los perros me destruyen. Todo lo que puedo ver, todo lo que puedo oír es a la perrita de anoche, su cuerpo destrozado, el momento en que se apaga la luz de sus ojos. Cuando Ruth llega y me ve hincada frente a una de las perreras, mis dedos metidos a través de la malla para que los perros puedan lamerlos y mi cara empapada de lágrimas, se hinca junto a mí.

—Cielo —dice y rodea mis hombros con un brazo. Es tan inmerecida esta ternura. Me mantengo rígida; no quiero permitir que me reconforten, pero al final me colapso contra su cuello y lloro y lloro y ella me mece como si fuera una bebita. Mis lentes están apachurrados y chuecos entre mi rostro y su hombro y se entierran en mi mejilla, pero no quiero moverme para enderezarlos; no quiero darle a Ruth una razón para alejarse. Los dedos de mi mano izquierda siguen afianzados a los diamantes de metal de la reja y los perros al otro lado gimen y se amontonan y me lamen con mayor velocidad.

No sé cuánto tiempo lloro, pero es mucho. Los perros jamás se dan por vencidos, jamás, jamás. Finalmente, saco mis dedos. Están pegajosos y huelen a saliva. Me quito los lentes y me limpio la cara con mi blusa de franela.

Ruth se levanta, toma mi mano y me jala hasta que también me pongo de pie. Vuelve a abrazarme.

—Ven —me dice—, vamos a sacar a algunos perros.

Les ponemos arneses a dos de los pitbull grandes. Bronx es uno de ellos y el otro es un gran perro pinto con cabeza en forma de bala al que llamamos Dutch. Los llevamos al Patio de Juegos. Bronx se estira, sacude su enorme cabeza y empieza a revolcarse en la tierra. Con sus piernas en el aire, noto que ya no tiene testículos. Es bueno que se hayan molestado en castrarlo; significa que creen que hay posibilidades de que alguien lo adopte.

Les arrojamos los desgastados y viejos juguetes de cuerda y un par de pelotas de tenis, y los perros los traen de vuelta y se orinan en cada esquina del patio, de forma alternada. Ruth no me presiona para que hable, y tal vez por eso quiero hacerlo.

—¿Te puedo hacer una pregunta?

—Claro, ¿por qué no?

—¿Crees en el amor incondicional?

—Absolutamente —afirma Ruth—. Es una de las fuerzas más peligrosas del universo.

—¿A qué te refieres?

—El amor incondicional es lo que los perros sienten por sus amos. Los perros aman a sus dueños sin importar cuánto les peguen, lo poco que los alimenten o lo mal que los cuiden. No saben más que amar sin condiciones.

—No me refiero a eso —le digo—. Me refiero al amor entre personas.

—No existe el amor incondicional *entre* personas —me dice—. Ese tipo de amor fluye en una sola dirección, como un perro ama a su dueño. Mi mamá amaba a su segundo marido de esa manera. Incondicionalmente. Incluso después de que le rompió un pómulo y la nariz. Incluso después de lo que me hizo a mí. Bueno, ella le decía amor. Yo lo llamaría de otra manera.

Se expresa con tal tranquilidad que podría estar hablando de cualquier cosa: de los perros que necesitan un baño, de la lista de suministros que se tienen que comprar.

—Lo siento —digo, pero se encoge de hombros y agita una mano.

—Eso ya pasó hace mucho tiempo. —Transcurre un momento más y Ruth continúa—: Cuando alguien te ama de forma incondicional te está diciendo: «Yo soy tu perro. Tú eres mi dios». Para ellos existe el amor incondicional, para los perros y sus amos, para los tontos y sus dioses.

Bronx está sentado junto a mis piernas, recargado en mí. Le acaricio la cabeza, las orejas puntiagudas. Suspira.

Hace frío aquí en el Patio de Juegos y el cielo tiene el color gris plata de las escamas de los peces. El sol es un disco duro y frío de luz. Ruth debe tener un millón de cosas que hacer —siempre es así— pero se queda y no me apresura. Se inclina hacia atrás y voltea su rostro hacia el cielo y cierra los ojos.

¿QUÉ PASARÍA SI SE LEVANTARAN LAS VENUS ANATÓMICAS DE SUS camas, las reliquias de sus altares, las muñecas de deseos de sus cajas? ¿Qué pasaría si se incorporara y caminara esta horda de hermosísimas zombis? ¿Qué sucedería si fuesen juntas hasta santa Teresa, la sacudieran gentilmente para despertarla de su sueño y la ayudaran a bajar del pedestal sobre el que la colocaron?

¿Qué tal si decidieran no ser perras hermosas?

¿Entonces qué serían, esta horda, estas mujeres, si dejaran de ser las amantes serviles de su dios? ¿Qué son si quedan libres de las condiciones que han aceptado como envolturas de cadenas?

Despierten ahora, beldades. Levántense y miren a su alrededor. Despréndanse de sus cadenas. Abandonen el fantasma del amor.

El lunes, en la escuela, la gente habla y se ríe y cierra sus casilleros y camina a clases. Quizá no estoy aquí en absoluto. Tal vez estoy soñando que camino por este pasillo, quizá los sonidos de los murmullos a mi alrededor, de los casilleros que se cierran y del clamor de la campana son recuerdos reciclados que forman el tejido de este sueño.

Quizá cuando el pasillo se vacíe y yo quede sola, escucharé otro sonido tras de mí, un rumor musical como canto, y voltearé y allí estarán, las santas vírgenes mártires, todas en fila, y al final estará Apollonia, con uno de sus pechos descubierto.

≫ ≪

El plazo final para nuestros proyectos de Géneros Literarios era la semana pasada, pero yo no entregué el mío cuando lo hicieron todos los demás. Lo tenía guardado en un fólder dentro de mi mochila, pero no pude obligarme a sacarlo, colocarlo sobre el escritorio del señor Whitbey y entregárselo. Se hubiera sentido como si me arrancara el corazón del pecho y fingiera que sólo era un montón de papeles. Pero hoy lo traje conmigo y me armo de valor para entregarlo. Tiene una docena de relatos. Algunos son mis recuerdos de las historias que Mamá dice que jamás me contó, acerca de las santas vírgenes mártires. Algunos son sueños que he tenido. Algunos son puro invento. Titulé mi proyecto «Condiciones».

Sí, okey, en términos técnicos, no todos los relatos son de realismo mágico. No sé qué diablos sean, sólo que los creé y que son trozos feos y horribles de mí como también lo son mis anginas. Pero con todo y su fealdad y horror, estas narraciones que escribí son… *buenas*. Aunque en realidad no sé bien qué quiero decir con ellas, sé que son buenas.

Pero tan pronto como coloco las hojas engrapadas sobre el escritorio del señor Whitbey, toma su pluma y garabatea «tarde» sobre la portada, justo encima del título y de mi nombre.

Me quedo allí, viendo fijamente mi proyecto y la manera en que lo ha mancillado. Al principio no se percata de mi presencia, pero supongo que a la larga el que esté allí parada lo incomoda porque levanta la vista.

—¿Sí? —me dice, y después—: Regrese a su lugar, señorita Faye.

Parada allí, aprisionada entre la mirada del grupo a mis espaldas y la del señor Whitbey frente a mí, hago cálculos. El proyecto representa el diez por ciento de mi calificación. De entrada, ya tengo un noventa y seis. Pienso en lo que me costaría llevármelo y en lo que me costaría permitirle leer mi corazón; lo que me costaría permitirle determinar lo que vale.

Veo cómo se estira mi mano. Veo cómo toma el proyecto y cómo lo jala por el escritorio hacia mí. El señor Whitbey lo detiene con un golpe de su mano demasiado pequeña.

—No tenemos tiempo para estos juegos, señorita Faye. Regrese a su asiento.

—Creo —empiezo, mientras jalo el montón de papeles— que mejor me quedo con esto.

—No seas necia, Nina. Ya tuviste que haber entregado el proyecto —Aprieta sus dedos sobre el otro extremo del fólder y ahora es como si estuviéramos jugando a jalar de la cuerda.

—Lo sé —le digo—, pero escúcheme.

—Si no lo entregas, me vas a obligar a darte un cero.

—Pero sí hice el trabajo —le digo—. Mire.

Jalo con fuerza y finalmente lo suelta. Hago un abanico con las hojas, viendo una cascada de palabras que pasa frente a mis ojos: *vagina, huevo, roto*. Y quizá el señor Whitbey también las ve porque se reclina contra el respaldo de su silla.

—No puedo calificarte a menos que lea el material —dice, pero suena como si quizá pueda convencerlo de lo contrario.

—Tal vez no pueda darme una calificación como «excelente» —le digo—, pero apuesto a que podría darme al menos algunos puntos. Como «aprobado/reprobado» o algo.

—¿Por qué no me dejas leerlo? —Ahora parece realmente curioso.

—Es que no creo que sea el público más adecuado.

Eso lo hace sonreír.

—Muy bien, Nina —me dice—. El proyecto tiene un valor de cien puntos. Te daré cincuenta por haber hecho el trabajo. ¿Qué te parece?

Abre el cajón superior de su escritorio y saca su libreta de calificaciones, se dirige a la página donde está mi nombre y encuentra la casilla donde va la calificación del proyecto de Géneros Literarios. Toma su pluma roja con la punta suspendida sobre la casilla.

Si leyera el proyecto, estoy segura de que me daría mucho más de cincuenta puntos, pero me percato de que estoy profundamente desinteresada en que me califique.

—Haga lo que tenga que hacer —le contesto. Lo veo escribir el número «50» dentro de la casilla. Después tomo mi proyecto y regreso a mi lugar.

Mi corazón retumba, mis axilas se inundan repentinamente de un sudor apestoso y siento como si me hubiera robado algo. Algunos de mis compañeros me ven como si hubiera perdido la razón, pero también me siento como si acabara de apartar la cortina para darme cuenta de que el Gran y Poderoso Oz no es más que un pequeño hombrecito con una pluma roja. No puede salvarme, pero tampoco puede hacerme daño.

≫ ≪

Cuando voy al baño después de clase, me encuentro a solas con Apollonia. Está parada frente al lavabo, enjuagándose las manos. Levanta la mirada y me ve por el espejo detrás de ella. Me veo a mí misma viéndola a ella viéndome a mí.

—¿Regresaste para tomar otra foto? —Es lo primero que me ha dicho en todo el año. Suena simpática, como si todo fuera una enorme broma.

—No —le respondo—. De hecho, te debo una disculpa. No sé qué…

—No es necesario que me expliques —le dice a mi imagen en el espejo y se da la vuelta. En el espejo, detrás de ella, puedo ver la parte de atrás de su cabeza; puedo ver el moño rojo atado a su cabello.

—Sólo quería decirte que lo siento.

—No me importa lo que quieras.

—Mira, sé que ha pasado mucho tiempo. Debí disculparme el año pasado. Es más, en primer lugar, es algo que no debí haber hecho. Lo que hice fue terrible y simplemente…

Se ríe. De hecho, es un sonido hermoso. Es fuerte y sin reservas y me hace desear estar haciéndola reír por alguna razón mejor. Que estuviéramos compartiendo una broma. Me gustaría saber qué es lo que la hace reír fuera de este momento.

Me gustaría que hubiera un botón que pudiera presionar, una página a la que le pudiera dar vuelta, para deshacer lo que hice y la forma en que la he odiado. Quisiera saber cosas que jamás pensé que me importaran antes: ¿por qué se trasladó su familia hasta acá, hasta este Irvine tan antiséptico, desde el lejano Portugal? ¿Qué opinión tiene de este lugar? ¿Qué significa ese medallón dorado que usa en una cadena alrededor de su cuello?

Apollonia me deja perfectamente claro que nunca llegaré a saber todas esas cosas y que no tiene la menor intención de otorgarme su perdón.

Pasa junto a mí como si no le importara ni un comino y jala la puerta del baño para abrirla.

—Espera —le digo y le doy vuelta a mi mochila, la abro y saco mi proyecto—. Mira, quiero darte esto. —Lo sostengo hacia ella con ambas manos.

Se detiene y voltea para mirar el fólder.

—¿Qué es?

—Es una colección de cuentos que escribí. Sólo son algunas cosas en las que he estado pensando últimamente. No sé…, sólo quiero dártelos.

—¿Y qué se supone que haga con ellos?

—Lo que quieras. Si quieres, tíralos a la basura; quémalos. O, si quieres, léelos.

Apollonia toma mi proyecto. Lo abre para ver la portada y observo cómo sus ojos recorren las primeras líneas del primer cuento. Después levanta la mirada hacia mí, cierra el fólder y se marcha.

꜄꜄ꜗ ꜀꜀꜀

—Cuando cumplí catorce años —le digo a mi madre—, me dijiste que el amor incondicional no existe.

Mi mamá está en la cocina, pero no está cocinando. Está sentada a la mesa, su vaso favorito de cristal cortado frente a ella y sus anillos enfilados frente a él: la sencilla argolla de matrimonio, el anillo de compromiso con su solitario, el anillo de eternidad, un delgado aro reluciente de diamantes continuos.

—¿Qué? —dice, levantando la mirada.

—Cuando cumplí catorce años —vuelvo a decir—, me dijiste que el amor incondicional no existe.

Me mira, inclina la cabeza y me ve directamente a los ojos. Va a decir algo. Lo siento en mis huesos. Va a decirme que estuvo mal, que lo siente. Se va a disculpar y las dos lloraremos juntas y yo la perdonaré. Me dirá que siempre, siempre me querrá, sin importar lo que pase, sin importar lo que haga.

Aleja la silla de la mesa y recoge su vaso mientras se levanta.

—No seas absurda —dice—. Jamás diría algo así.

Y entonces abandona la habitación, sus pasos apenas inestables. Se lleva su trago, pero deja los anillos sobre la mesa.

꜄꜄ꜗ ꜀꜀꜀

El departamento de Bekah se encuentra justo en la frontera del distrito de artistas de Santa Ana. Quizá el distrito de artistas crezca e incorpore en él su complejo de departamentos o posiblemente se encoja para dejarlo abandonado. No hay manera de anticipar esas cosas. Es algo que me enseñó mi mamá en cuanto a los bienes raíces: la gente hace predicciones razonables acerca de lo que sucederá, de cómo se comportará el mercado, pero la realidad es que, a fin de cuentas, sólo son conjeturas.

Todas las puertas de los departamentos ven hacia un patio central. Es arquitectura estilo español y al centro del patio se encuentra una fuente. Pero está seca y en su fondo hay restos de la lluvia de la semana pasada, algunas hojas secas y un vaso de refresco vacío.

No hay nadie en el patio. Oigo el sonido de un televisor de uno de los departamentos y el ruido de trastes de algún otro lugar.

El departamento de Bekah está arriba. La puerta es verde oscuro; la perilla es color bronce, pero no es de latón verdadero. En algunos puntos se ha desgastado el chapado y puede verse el plateado del acero inoxidable.

Abre la puerta casi de inmediato después de que toco.

—Nina —dice—. ¿Qué tal? —Y abre más la puerta para dejarme pasar.

Su departamento es de una sola habitación, un pequeño y cálido nidito. Hay una cocineta micrométrica con una pequeña estufita de dos parrillas, un refrigerador enano, una mesa con dos sillas en una esquina y un camastro bajo en otra, con un colchón de futón perfectamente tendido; arriba de él, una cobija gris de franela bien extendida con las orillas metidas debajo del colchón. Entre el área de la cocina y el área para dormir hay una puerta que seguramente conduce al baño. En la esquina frente a la cama hay unos estantes de cemento y tablones; contienen camisetas y pantalones doblados, algunos libros y una laptop cerrada.

—Me gusta tu depa.

—¿En serio? Es mínimo.

—Eso es justo lo que más me gusta.

—¿Te ofrezco algo de beber? —Bekah abre el refrigerador. Me sorprende ver que, de hecho, está bastante bien surtido; muchas verduras, un frasco de vidrio que parece contener sopa hecha en casa, una jarra que saca del estante inferior.

—Sí, gracias.

Ya está sirviendo dos vasos de té helado.

Nos sentamos en las dos sillas con nuestros vasos de té y la habitación es simplemente del tamaño perfecto.

—¿Y cómo te has sentido?

El té no está dulce, pero tampoco amargo.

—Bien —respondo—. O sea, finalmente dejé de sangrar. Y mira. —Me quito la chamarra y me levanto la manga para mostrarle a Bekah el fino borde elevado debajo de la piel de la parte interna de mi brazo.

—¿Qué es?

—Es un implante anticonceptivo. No me puedo volver a embarazar hasta que cumpla los veintidós.

Bekah estira la mano y pone sus dedos sobre el borde levantado.

—Vaya.

—No es que importe gran cosa. O sea, no es como si estuviera teniendo relaciones ni nada por el estilo.

—Quizá debería conseguirme algo así.

En un destello, recuerdo la imagen de piel perforada que vi en el teléfono de Bekah y me imagino lo que se sentiría tener sexo así. Quiero preguntarle qué se siente, pero esa no es una pregunta que le haces a alguien, de modo que cambio de tema.

—¿Y cómo está Jayson?

—Pues, ya sabes —dice, bebiendo su té—, esfumado.

—Ah —respondo—, lo siento.

Se encoge de hombros. Tomamos té. Su ventana está abierta, su única ventana, a pesar de que hace frío afuera. El cielo está gris y cargado de lluvia. Oigo un pájaro, pero no puedo verlo.

—Fíjate que una vez hice algo realmente terrible —digo de repente.

—¿Qué hiciste?

—Algo bastante estúpido, pero en muy mal plan. En contra de otra niña. Era nueva el año pasado. Se llama Apollonia. El punto es que la odiaba. De veras la detestaba; ni siquiera sé por qué.

—¿Es bonita?

—Preciosa —respondo.

—A veces con eso basta —dice, y respondo inclinando la cabeza.

—Pero eso lo odio, ¿sabes? Lo detesto de mí misma.

—¿Y qué fue lo que hiciste?

Por un momento, dudo. Pero las cosas que hago y las cosas que he hecho son parte de mí; tanto las cosas que me avergüenzan como aquellas de las que me enorgullezco, los cuentos que escribo, mi tiempo en el refugio y la forma en que ayudé a morir a la perrita destrozada.

—Ella era nueva en la escuela y estaba en el baño y yo también. Estaba en uno de los cubículos y cuando salió no jaló la cadena. No sé, a lo mejor su escuela anterior tenía de esos escusados que se jalan solos o lo que sea, pero el punto es que no jaló. Y entonces se lavó las manos y me sonrió y se fue, y después de eso entré al cubículo donde había estado.

—No.

—Sí. Y en la taza había mierda y el agua estaba medio sanguinolenta, como si estuviera menstruando, y además había mucho papel de baño. Y le tomé una foto. Y se la mandé a mi amiga Louise con un texto que decía «Apollonia no sabe jalar el escusado», y supongo que ella se la enseñó a alguien y ese alguien a alguien más y así sucesivamente, y para el final del día Apollonia se saltó la última clase porque estaba superavergonzada y yo terminé haciendo mi servicio comunitario.

—Por eso terminaste trabajando en el refugio.

—Ajá. Bueno, así es como empecé, pero ahora sigo yendo aunque ya no tengo que hacerlo.

No decimos nada por un momento.

—Eso estuvo bastante jodido —dice finalmente.

No respondo. Tiene razón. Es bastante jodido. Continúo.

—Después de unos días, su novio terminó con ella, lo que, si te soy franca, es justo lo que quería que sucediera desde un principio.

—¿Él es el tipo? —me pregunta, y no tiene que decir «el tipo que te embarazó».

—Sí —digo—. Pero ahora están juntos otra vez. O sea, otra vez son novios.

—Qué historia tan loca —dice Bekah. Agita los hielos dentro de su vaso, toma uno en su boca y lo muerde. Lo oigo crujir entre sus dientes.

El hielo es mágico si no sabes lo que es.

—Bekah —le pregunto—, ¿crees en el amor incondicional?

—Ni idea —contesta—. Probablemente no. ¿Tú sí?

—Cuando cumplí catorce, mi mamá me dijo que el amor incondicional no existe. Me dijo que podía dejar de quererme en cualquier momento.

Bekah no dice nada. Se levanta, va a uno de los cajones de su cocineta y lo abre. Por un instante, creo que va a sacar algo; algo maravilloso, alguna respuesta, algún augurio mágico. Pero regresa con una cajetilla de cigarros y un encendedor. Saca uno y me ofrece. Sacudo la cabeza. Prende el cigarro, jala un cenicerito del centro de la mesa hacia sí y aspira una gran bocanada de humo.

—Me da la impresión de que tu mamá es toda una joyita.

—Creo que es alcohólica —digo. Es la primera vez que digo esto en voz alta, incluso la primera vez que lo pienso.

—Quizá —dice Bekah—. Hay mucha gente que lo es.

Sigue fumando. La observo. El pájaro que está afuera canta todavía más fuerte, pero sigo sin poder verlo.

—¿Sabes? —digo—, el aborto es lo mejor que he hecho por mí, y jamás se lo contaré a mi mamá. En realidad no le cuento nada nunca. Y ella no me pregunta nada. Es como si estuviera totalmente desconectada de mí, como si yo fuera un huevo que hubiera puesto y que ahora estuviera separado de ella.

—No a todos nos tocan buenos padres —dice Bekah—. Algunos sólo son una verdadera mierda. De todos modos, no puedes obligar a la gente a que te quiera. El amor no es algo que te ganes ni que merezcas. El amor simplemente *es*. O no lo es. En fin —sigue—, hay cosas más importantes que el amor.

—¿En serio? ¿Como qué?

Bekah se recarga en el respaldo de su silla. Enreda sus dedos en su cabello y se queda mirando al techo. Yo también levanto la mirada para averiguar qué es lo que ve. Es sólo un techo, con una larga y fina resquebrajadura que lo atraviesa.

—Como servir —dice, como si se le acabara de ocurrir en ese instante—. Servir a otros. Con el amor esperas y esperas a que alguien te lo *dé*, ¿sabes? Pero el servicio…, eso es algo que das *tú*. Y no sólo tienes que ofrecérselo a la gente a la que amas. En realidad, no importa a quién sirves. Lo que importa es que lo hagas. Supongo que esa es la razón por la que trabajo en el refugio —dice Bekah—, y te apuesto a que esa es la razón por la que tú sigues yendo también, a pesar de que ya no tienes que hacerlo. Para servir.

Servir.

—¿Por eso fuiste a mi casa cuando te lo pedí?

—Sí —dice Bekah—. Me necesitabas, de modo que fui.

—¿No fue porque te caigo bien? —Me siento estúpida por preguntarlo. Es como algo que un niñito le preguntaría a otro. «¿Te caigo bien? ¿Quieres ser mi amigo?».

—Lo siento. No. —Bekah me sonríe.

—Pero… ¿*sí* te caigo bien? —le pregunto y me siento como si tuviera seis años.

—De hecho, sí —me responde—; pero creo que, aun si no fuera así, de todos modos te habría ayudado. No sé, cuando ayudo a alguien, en realidad es como si también me estuviera ayudando a mí.

—Eso suena como religioso —le digo—, como de monjas o algo.

Resopla y se ríe.

—No soy ninguna santa.

—Cosa buena, te diré. La mayor parte del tiempo, las cosas no salen muy bien que digamos para las santas.

—Como yo lo veo —dice Bekah—, tienes que hacer las cosas que te hagan sentir bien a ti. Estar activa, hacer cosas, mejorar en lo que pueda de la manera que pueda, eso me hace sentir bien. Ser pasiva, esperar a que los demás hagan cosas *para* mí o que me *hagan* cosas a mí, eso me hace sentir terrible. Entonces, es cuestión de sentirme bien o de sentirme terrible. Elijo sentirme bien.

Cosas que me hacen sentir bien. Estar lejos de mi casa. Estar con los perros. La enfermera especializada y Angie en la Clínica de Planeación Familiar y lo mucho que me ayudaron. Apuesto a que hay algo que podría hacer allí para ayudar. Para servir de algo.

Ahora, el pájaro está en silencio. Todo lo está: el pájaro, nuestras voces, incluso mi corazón se siente en silencio. Hay un momento de absoluta quietud, tanto dentro del departamento como fuera de él. Y entonces la lluvia empieza a caer, a precipitarse, a inundar el mundo. Bekah se dirige a la puerta y la abre. Me levanto con ella. Juntas vemos hacia la cortina de lluvia. Respiro lo más profundamente que puedo. Cierro los ojos y respiro.

❧ ❧

Llueve por tres días y finalmente escampa. El último día de lluvia me llevo a mí misma al anticentro comercial y voy a la tienda de artículos para correr, frente a la que he pasado un montón de veces pero a la que jamás he entrado.

—Necesito unos buenos zapatos para caminar y calcetines —le digo a la vendedora, quien me consigue lo que necesito. De camino a casa, cargo gasolina.

Y a la mañana siguiente me levanto bien temprano. Papá no está en casa, no ha estado en días y días y dudo verlo pronto, y Mamá sigue dormida. Dejo una nota sobre la mesa de la cocina: «Salí a andar en bici».

Y salgo.

El aire se siente fresco e invernal y huele como a bautismo. Mi auto sale silenciosamente por la entrada y susurra por la calle. Dudo sólo un momento sobre la rampa que sube a la autopista, pero entonces decido que no voy a tener miedo y, así como así, ya no lo tengo.

Llevo conmigo una mochila llena de comida que preparé para mí: nueces y salmón seco y unas barras de granola. Tengo un termo de té caliente y elijo la música.

Cuando llego al principio del camino, me estaciono en un lugar diferente del que usamos Seth y yo la última vez que estuvimos aquí. Me pongo la chamarra, les ato un nudo doble a mis zapatos nuevos y me unto protector solar sobre la cara y las manos. Me aseguro de que mi botella de agua esté llena.

Me pongo la mochila.

Tengo todo lo que necesito. Me aseguré de ello. Hice una lista mental y verifiqué cada artículo; estaré caliente y seca. No tendré ni hambre ni sed. Caminaré a la velocidad que quiera y descansaré cuando se me dé la gana. No hay nadie a quien seguir, nadie a quien alcanzar. Sólo estoy yo y este día maravilloso; este momento único, aquí y ahora. Las hojas a mi alrededor se revuelven silenciosamente y el sol y las sombras se entrecruzan en el camino.

Soy estos pies sobre el camino. Soy estas manos sobre las correas de mi mochila. Soy estos pulmones que toman cada aliento y estos ojos que miran el caer de las hojas al piso. Soy este corazón que late, este vientre que sangra.

Y soy más que cualquiera de las partes que me componen; soy más que mis partes buenas y más que las malas. Soy más que mis errores. Soy más que mis recuerdos. Repetiré estas palabras una y otra vez, como un himno, como una plegaria, hasta que termine por creerlas.

Cuando cumplí catorce años, mi mamá me dijo que el amor incondicional no existe. Pero ya no tengo catorce años y soy más que la hija de mi madre.

Nota de la autora

De miel y pasitas y de cosas bonitas.
De *eso* están hechas las niñitas.

Cuando escuché esta rima infantil era una niña pequeña y recuerdo haberme sentido de lo más satisfecha conmigo misma. Yo era una niña, lo que significaba que estaba hecha de cosas buenas; los niños, por otra parte, estaban hechos de ranas, bichitos y colas de perritos; cosas babosas, asquerosas e, incluso, desmembradas. Pero ahora le doy una interpretación diferente.

En primer lugar, me doy cuenta de que las cosas de las que están hechas las niñas son para consumirse —miel y pasitas y cosas bonitas—, golosinas deliciosas y dulces que se derriten en tu boca.

Y ahora eso me parece más una advertencia que una valoración. Es un imperativo: para ser niña debes ser dulce y deliciosa. Debes estar hecha completamente de cosas bonitas. Dentro de lo que implica ser niña (y quizá dentro de lo que implica la feminidad), no hay lugar para ninguna otra cosa.

Pero esa no es mi experiencia de la feminidad. A medida que crecía me percaté cada vez más de que *no* estaba hecha únicamente de dulzura. Había ocasiones en que me asqueaban las cosas de las que estaba hecha: mis sentimientos de celos y de furia, mis funciones corporales, las cosas que emanaban de forma cotidiana y mensual. Me sentía tan avergonzada del hecho de que yo era un cuerpo humano que orinaba y defecaba que solía sacarme uno de los lentes de contacto cada vez que necesitaba ir al baño; tal era mi vergüenza de que pudieran saber lo que *estaba haciendo allí dentro* que necesitaba ponerme un lente de contacto en la punta del dedo para demostrar que estaba yendo al sanitario para algo más, no para *eso*.

Cuando tenía once años, una vecinita me contó una historia de terror acerca de una niña cuya madre no le permitía rasurarse las piernas y a la que constantemente molestaban todos los que la conocían; le decían «Piernas de Chango». En alguna ocasión encontró una navaja de barbero en el arenero del patio de juegos, cerca de los columpios. La llevó hasta un baño del parque y, cuando no salió después de varios minutos, el grupo de niñas que la molestaba fue a ver lo que había pasado con ella. La encontraron sentada en la orilla del lavabo, con la pierna frente a ella en un desastre sanguinolento estilo *gore*, mientras corría la navaja sucia y oxidada una y otra vez sobre su piel, lacerándose en su intento por verse más bonita, para ser más como las niñas a las que debía parecerse.

Esta vecinita me contó la historia en un susurro y con los ojos como platos, un tono de emoción malsana detrás de cada palabra. ¿Se trataba de una advertencia para no rasurarse con navajas sucias? A mí, de once años y piernas velludas, me pareció más una amonestación de que no debía demorarme demasiado en deshacerme de la desagradable pelusa.

Cuatro años después, logré tener unas piernas tersas, bronceadas y delgadas y caminaba de la escuela a casa con una amiga cuyas piernas no eran tan bonitas como las mías. Traía puesta una nueva falda de estampado floral que se levantaba cuando me daba la vuelta, como la de una niña pequeña, pero que se ceñía contra mis caderas y mis nalgas de una manera para nada infantil. Al mirar mis largas y bruñidas pantorrillas, escupí: «Mis piernas son perfectas».

Fue un momento inusual de confianza y gozo por mi físico; pero, tan pronto como pronuncié las palabras, me arrepentí de ellas. Eso no era algo que uno dijera en voz alta, jamás, acerca de su propio cuerpo. Que fuera bonito, que fuera perfecto, que uno lo amara, incluso por un segundo, incluso en la iluminación correcta y en la falda correcta.

Las niñas tenían que estar hechas de piernas largas y cabello abundante, pero también tenían que estar hechas de vergüenza. De modestia. De ignorancia. Y pobre de aquella que no lo estuviera.

Hace poco leí que, cuando les preguntaban cómo determinaban si el acto sexual había resultado exitoso, las niñas adolescentes listaban en primer lugar que su pareja masculina disfrutara del suceso. Después de eso, las indicaciones de un coito exitoso eran que sus cuerpos se presentaran como atractivos; que no sucediera nada vergonzoso; que el chico volviera a comunicarse con ellas después.

Quizá debió indignarme que en la lista no aparecieran que la niña se divirtiera, que experimentara placer, que alcanzara el orgasmo, que terminara la experiencia con el deseo de repetirla.

Pero no me indigné ni me sorprendí, aunque sí suspiré y sacudí la cabeza y me sentí profundamente triste; triste por la niña que alguna vez fui y porque mi propio placer y seguridad no hubieran sido prioridades para mí; triste de formar parte de un sistema que crea niñas cuyos cuerpos parecen pertenecerle a cualquiera menos a sí mismas.

No es nueva esta valoración de las mujeres jóvenes con base en cómo pueden servir, satisfacer, saciar. Nuestras niñas son tanto el platillo como el alimento y nos las comemos; nos comemos su carne, lamemos su dulzura, ansiamos y controlamos y consumimos.

Todo esto me enoja, pero *Las condiciones del amor* no nació únicamente a partir de mi enojo. También nació como producto de mi complicidad. De las formas en las que me sometí a lo que se esperaba de mí cuando era niña y de las formas en que, como mujer, sigo sintiendo el impulso de someterme. Sin embargo, lo que se espera de mí en la actualidad es distinto: como mujer de más de cuarenta años, parece que lo que se espera de mí es que me difumine, que me repliegue y desaparezca.

Recientemente, un niño dijo algo acerca de mi hija y ella se enteró de esto. No estaba nada contenta. Para cuando me contó el incidente, ya lo había bloqueado en las redes sociales y le había informado que lo que había dicho era irrespetuoso. Me quedé totalmente impactada. Mi hija me preguntó qué hubiera hecho yo si algo así me hubiera sucedido a su edad; tristemente, la respuesta es que me hubiera reído como si nada, me hubiera sentido asqueada y no hubiera hecho nada más.

En mi primer año en la universidad, caminé al otro lado del pasillo de mi recámara en el dormitorio y entré a la habitación de dos chicos. Era tarde por la mañana y todos los demás residentes de nuestro piso ya se habían ido a clases. Yo me senté en un puf; los chicos se quedaron sentados en sus camas. Estaban algo drogados, tenían los ojos rojos y se veían de lo más guapos en esa forma desenfadada que tienen los chicos. No sé cómo es que terminamos hablando de sexo, pero no me sorprendió que así fuera. La mayoría de las conversaciones, me parecía, terminaban en lo mismo. Lo que *sí* me sorprendió fue que uno de ellos abriera un cajón, sacara una navaja de barbero, se colocara a horcajadas sobre mí y presionara el filo de la navaja contra mi cuello.

—Podría violarte —me dijo. El otro chico, todavía sobre su cama, nos observó con los ojos entrecerrados.

No sabía qué hacer. No sabía qué decir. Quería gritar, pero, por otro lado, me pregunté si tal vez era una broma. ¿Qué sucedería si gritara e hiciera un escándalo al respecto sólo para que resultara que no había nada realmente malo en todo el asunto?

Pasaron varios minutos y pude sentir la creciente erección del tipo mientras estaba sobre mí, mientras me dominaba, mientras me sonreía de oreja a oreja. Después de un rato, se quitó de encima, yo dije que tenía que irme a clases y me fui.

Me dirigí al baño y entré en la regadera más alejada de la puerta. Me hundí hasta el frío piso de mosaico y acerqué mis rodillas lo más que pude a mi pecho. Presioné mis manos contra mi cara y lloré lo más silenciosamente que me fue posible. Incluso en ese momento no quise hacer demasiado ruido.

¿Cómo es que llegué a pensar que era una persona que no merecía que gritara por ella? ¿Cómo es que mi temor a reaccionar de manera exagerada era mayor que mi instinto de supervivencia?

No escribo libros para dar lecciones. Los escribo para darle sentido a las cosas que me fascinan, asustan, dan repulsión y emocionan. Muchas de esas cosas surgen como burbujas horribles de mi pasado. Sé que muchas personas leerán este libro y estarán muy inconformes con algunas de las decisiones que toma Nina. Harán gestos de desaprobación y apretarán los labios y le colgarán adjetivos como *codependiente* y *desagradable* y *urgida*. La gente dirá que está hecha de elecciones inadecuadas. Partes de ella son feas y malas y repugnantes. De ella emanan cosas —acciones y palabras y excreciones— que ofenden y asquean.

Sí, tendré que coincidir. *Todas esas cosas son ciertas.* Y, sin embargo, la quiero. Quiero a Nina. Quiero al libro. Amo la fealdad y las vulnerabilidades y los temores y las vergüenzas, todo lo que está en él. Escribí este libro porque surgió de mí. Lo escribí para mí misma.

Pero tómalo. Si quieres, también puede ser tuyo. Hay más que suficiente para compartir. Come todo lo que quieras y piensa: ¿de qué estás hecha tú? Y también recuerda: no le debes una tajada de tu alma a nadie. No se la debes a tus padres. No se la debes a tus amigos. No se la debes ni a tus maestros, ni a tus amantes, ni a tus enemigos.

Y no tienes que escuchar a nadie que te diga de lo que están hechas las niñas. Decide por ti misma de qué se compone tu corazón. Protégelo. Disfrútalo. Compártelo, si quieres. Te tocan este cuerpo y este siglo. Ámalos, ámalos; por favor, ámalos.

Agradecimientos

Las condiciones del amor se hizo, claro está, con la ayuda de muchas mujeres.

En primerísimo lugar, agradezco profundamente a mi editora Alix Reid, quien confió en mi visión y me ayudó a concretarla. Gracias, Alix.

Suzanne Wertman, de la Confederación Internacional de Parteras, generosamente respondió listas de preguntas relacionadas con la salud reproductiva, y Kerri-Lynne Menard me explicó los procedimientos asociados con el trabajo de voluntariado en un refugio animal.

Kate Healy me recordó que visitara *el Éxtasis de santa Teresa* durante mi viaje a Roma, y Erin O'Shea me contó acerca de la pera de la angustia.

Mis hermanas Sacha y Mischa fueron, como siempre, mis primeras lectoras y su entusiasmo significa más para mí de lo que probablemente sepan.

Tanto Martha Brockenrough como Carrie Mesrobian leyeron versiones anteriores del libro que se convertiría en *Las condiciones del amor* y sus discernimientos y su aliento me impulsaron a seguir adelante.

Estoy en deuda con el trabajo de Brandy Colbert, Christa Desir, Sarah McCarry, Laura Ruby y Erica Lorraine Scheidt, todas ellas novelistas que examinan el cuerpo femenino adolescente en formas que inspiraron mi trabajo.

Además de recibir la ayuda de estas mujeres maravillosas, varios hombres de bien me prestaron auxilio, incluyendo a Dean Anderson Ayers, quien pacientemente respondió mis preguntas acerca de los aspectos prácticos de sacrificar perros y de lo que les sucede a sus cuerpos después; a Rubin Pfeffer, mi agente fiel, quien siempre responde a mis correos electrónicos de manera rápida y entusiasta, y a Andrew Karre.

Ser escritora de tiempo completo es un privilegio que no tomo a la ligera. Por encima de todas las cosas, estoy agradecida con mi familia, que me brinda su apoyo de todas las maneras posibles.

Parte I

Incondicional

7

Parte II

Eros y Tánatos

83

Parte III

Las Venus anatómicas

151

Parte IV

Condiciones

173

Nota de la autora

207

Agradecimientos

213